거제 100인 사화집

춘당매가 사람잡네

제7집

※ 본 사화집은 다음과 같은 기준으로 편집하였습니다.

- 호는 이름 뒤 괄호 안에 넣었으며 학력은 모두 제외시켰습니다.
- 단체는 많을 경우 5개 이내로 제한하였으며 단체명은 개별적 가입 회원이 아닌 경우 중복성을 피하고자 실제 활동하는 지역 중심으로 통일하였습니다.(예, 국제펜클럽 한국본부 부산광역시지부 회원 =부산국제펜문학 회원) 또 법인의 표시는 모두 제외시켰으며 수상은 문학창작에 관한 상만 싣되 회차를 삭제하고 대표적인 상 1개만 넣었으며 공모상일 경우 본상(대상) 외는 모두 제외시켰습니다.
- 시집은 두 권이 넘을 경우 외로 처리하였으며 공저는 모두 제외시켰습니다.

거제 100인 사화집

춘당매가 사람잡네

주명옥 외

거농문화예술원

| 발간사 |

100인 사화집 7집을 펴내며

주명옥(시인, 화가, 거농문화예술원 원장)

거제 100인 사화집이 벌써 7집이다.

해마다 펴내는 책이지만 올해는 더욱 남다르다. 처음 고향 거제에 문화의 주춧돌이라도 놓자는 마음으로 선산인 문동폭 포길에서 문화사업을 벌인 것이 축제이고 그다음이 100인 사화집이다. 첫해는 100명을 모시기가 참 어려웠다. 잘 모르는 거제에서 발간되는 사화집에 선뜻 자신의 작품을 내놓기가 쉽지 않았음이리라. 그러나 해를 거듭할수록 시인들의 참여도가 높아져 이제는 100인이 아닌 평균 140-50명의 시인들이 참여한다. 이는 그만큼 거제의 100인 사화집이 전국에 많이 알려졌다는 반증이다. 이는 곧 우리 거제를 전국에 많이 알렸다는 증거가 아닐 수 없다.

고향을 널리 알리는 것은 鄕人으로서 당연한 일이다. 하여 나의 이런 작업에 대하여 따로 듣고 싶은 말은 없다. 그저 진

정으로 예술인들을 대하다 보니 호응이 좋아진 것 뿐이다. 그런 즐거움을 만끽하는 것은 나의 위안이고 특권이다. 나의 이런 즐거움 속에 거제 시민들이 시를 향유하고 문화적 정서를 획득할 수 있다면 충분하다. 지난 3년여 코로나로 인해 많은 시민들이 불편을 겪었다. 그러나 그런 불편함을 몸소 부닥뜨리며 우리는 일상의 소중함을 더욱 중요하게 깨닫는 계기가 됐다. 아울러 정신과 몸이 힘들수록 우리는 어 느사이 고향을 찾아가는 자신을 발견하곤 한다. 고향은 그만큼 어머니의 안태이자 휴식처이기 때문이다.

고향 거제에서 지금 펼치는 나의 문화사업들은 모두가 거제시민들을 위한 것이기에 보다 더 많은 분들이 즐겨주시기를 당부드린다. 우리가 우리를 자랑스럽게 여기지 않으면 어느 누가 기억해줄 것인가? 스스로의 질문이자 답이다.

문화를 생산하는 창작자가 있으면 시민들에게 그 알찬 문화를 전달하는 배달꾼이 있어야 한다. 그래야 그 문화를 습득하여 우리 거제인들은 또 다른 문화를 창조할 것이다. 모든 예술은 모방이라고 했다. 숫자도 0이 있어야 1이 있고 100이 있듯 문화도 앞선 세대의 문화를 바탕으로 현재의 문화를 꽃피운다. 그렇기에 현재 우리들이 창조하고 즐기는 문화는 향후 미래세대들의 주춧돌이 될 것이다. 하여 고향 거제에서 펼치는 이런 사화집 발간이 무엇보다 소중할 수밖에 없는 이유이다.

100인 사화집 제7집
춘당매가 사람잡네

제2부

100인 사화집 **제7집**

춘당매가 사람잡네

제3부

제4부

100인 사화집
춘당매가 사람잡네

제5부

제6부

100인 사화집
춘당매가 사람잡네

제7부

제1부

감기몸살

감정말

일교차가 심한 바람 속으로
분화구의 거대한 템포가 쏟아져 내린다

모래 속으로 끓어오르는 신열
번식한 열기가 편도선에 부풀어 오른다

콧등 언저리를 맴도는 가파른 호흡
붉은 암호가 펄럭인다

건조한 입술 사이로
번져 나오는 짧은 신음

모로 누운 자리에
뜨거운 사막이 가릉거린다

밤새 긁어대는 통증
한 움큼의 가루약을 사구에 밀어 넣는다

목 언저리에 얹힌 스물 네 시간
열에 시달린 플러그를 뽑아든다

감정말
《부산시단》 등단. 부산문인협회 회원. 작품집 『고래가 왔다』.

봄길

강경희

하루 만에 벚꽃이 된 세상
마음을 편하게 따뜻하게 하는 봄꽃
그냥 동네 길을 무작정 걷는 나
나무 밑을 지나니 아름다웠던
추억이 떠오르는 계절 봄
가끔씩 새가 울어주니 금상첨화다

훈풍은 봄이라는 계절을 다 내주고
일주일 만에 꽃비를 뿌리며 떠나겠지
다시 올 날을 기다리는 봄길

아쉬움에 뒤를 돌아보니
목련이 보인다
목련은 이미 절정을 넘어
떨어진 상태 길이 낯설다
이 찬란한 세상을 보다보면
어느새 봄도 가겠지

강경희
시마당 부회장. 한국지역문학인협회, 부산시인협회, 한국독도문학작가협회 회원.

고드름

강민진

처마 끝 대롱대롱

매달린 고드름도

이미 도착해버린

눈부신 봄 햇살이

빼앗긴 겨울이 아쉬워

눈물 뚝뚝 흘리네

강민진
거제제일고등학교 교장. 금요시조문학상 수상.

봄, 이별

강자옥

온종일
잿빛인 날씨에도
밤새워 달려왔을
하얀 바람

분홍빛 마음으로
물들인 연초록 잎사귀마다몽글
몽글 사랑 피워
놓고 가는 그대

아무런 고통도 겪지 않은 것처럼
곧 울 거면서 울지 않을 것처럼
그리움과 보고픔에 매인 가슴
시간마저 포로로 만들어 놓은
그대 마음에 내 마음 얹어
가만가만 쉬었다 가기를

강자옥
《문학도시》 등단. 부산문인협회, 부산시인협회 회원. 부산진구문화예술인협의회, 한국바다문학회 이사. 《부산진 문예》 '성지곡의 햇살' 우수작품상. 시집 『수신되지 않는 너』.

바람의 계절

강정숙

숲이 일렁인다
바람결의 흐름이
햇살에 반짝거린다

물결은 흘러간다
바람이 밀어주는 방향으로
그네를 타듯
반대편으로 찰랑찰랑 흐른다

이제는 떨어지는 꽃잎들
바람을 기다려
휘이여 휘이여 흘러내린다
끝나는 계절도
스스로 꽃비 속에 묻혀
한없이 하염없이 떨어져 나간다

강정숙
거제문인협회 회원. 거농문화원 거제사군자 회장 역임.

붉은 상사화

고안나

바람이 써 내려가는 주홍 글씨
핏자국으로 더욱 붉어져
천 개의 꽃으로 출렁인다

낱낱의 실핏줄 아프게 터트리는
어긋난 사랑
감당할 수 없어
긴 목젖 멍울져 간다

맹렬하게 저항하던 붉은 입술
비수처럼 타는 목마름,
피 빛이다

바람아!
가슴에 낙관을 찍어라
나는 붉게 멍든 사랑을 가졌다

고안나
2010년 《부산시인》, 《시에》 등단. 《작가와 문학》 편집 주간. [김민부문학제] 위원장. 시집 『양파의 눈물』. 시낭송집(CD) '추억으로 가는 길', '추억 속에서'. [유튜버] 〈동행 TV. 고안나의 문학기행〉

봄바람

공기화

무풍지대 국기가
펄럭인다
처녀치마 들치니
날 더러 비쳤다 한다
차디찬 날 지나
한바탕 난리 치면
처녀들 바람난다더라

미친 바람이더라도
다가온 손님이니 군말
말고 맞아라
윗옷 벗어 던지고
꽃 같은 봄볕 아래
누웠다가
한바탕 풍물이나 놀다
가리라

공기화
부산문인협회, 한국장로문인협회 이사. 부산남구문인협회, 부산크리스찬문인협회 고문. 부산교육대학교 명예교수.

다가가면서

곽현의

점점 가까이 다가가면서
너는 나를
나는 너를 알 수 있었다
그 눈빛과 미소,
나직한 목소리,
속삭임 되어 와 닿는 것이
더 다가가면서 비로소 알 수 있었다

세상에서 제일 아름다운
너는 나를
나는 너를 알 수 있었다
다가가면서
점점 더 다가가면서.

곽현의
2009년 《문예시대》 등단. 부산문인협회 회원. 시집 『어느 날 내다 되었네』 외.

섬이 들려준 독백

구본윤

당신이 다녀가신 뒤,
혀뿌리가 짭조름합니다
모래알이 물결 속에 부서지고
가슴에는 하얀 거품 꽃이 피었습니다
당신의 도톰한 입술이
내 이마를 스쳐 지나갑니다
나에게 다가오는 이 미세한 울림
여남은 개가 되어도 限이 없겠습니다
어느새 밀려온 당신을 덮고선
나는 까맣게 잠이 듭니다.

구본윤
시집 포토포엠 『말할 걸 그랬다』 외.

불면

권명해

잠이 오지 않는다
카페인을 얼마나 섭취한 것인지 헤아려본다

깨어있는 무의식과 몽매함이 메마르고 건조한 일상을 만든다
점점 얇아지는 잠의 깊이를 무엇으로 대체해야 하나

잠 안 오면 글을 지으면 되지 뭐가 걱정일까 하던 때도 있었다
평온한 잠꾸러기 숙면의 쾌감이 나의 특권이었던 적에는 몰랐다

생체의 리듬을 잃고
삶의 방식이 바뀌고

커피머신의 전원을 뽑아야겠다

권명해
부산문인협회 감사. 부산시인협회 사무국장. 시집 『콩깍지』 외.

삼지천의 홍매화

권미숙

가지마다 숯불 매달고
거친 바람에 불씨를 세운다
인적 없는 삼지천 고택에 갇혀
홀로 불씨 키우는 홍매화
피울 듯 말 듯
옷깃만 여미다가
비 긋고 가면
활활 타는 내 안의 잉걸불

바람이 분다
마루에 걸터앉은 햇살은
맨발을 부끄러워하고
꽃잎과 꽃잎 사이
황홀한 찰나의 봄날은 가고

권미숙
2009년 《문예시대》 등단. 한국문인협회 회원. 부산문인협회, 부산시인협회 이사. 부산남구문인협회 부회장. 오륙도문학상 본상 외. 시집 『우물 속에서 세상 보기』 외.

벚꽃

권영숙

함박눈이 내리듯 하염없이 떨어진다
벚꽃들
눈보라처럼 휘날리며
벚꽃 잎이 지고 있다

아직 수밀도 고운 뺨 연분홍빛으로
나비처럼 어디론가 날아가는
꽃잎들

어디로 가는 걸까
부동으로 선 채
바라만 봐야 하는
나무들

자식을 잃은 어미처럼
나무들
빈 가지만 흔들고 있다

권영숙(어미새)
한국문인협회, 부산문인협회 회원. 부산크리스천문인협회 부회장. 부산남구문인협회, 부산문학중심작가회 이사. 문예시대 작가상 수상 외. 시집 『어미새』, 『꽃처럼 눈 뜨는 아침』, 『풀꽃 사이로 하늘이 보인다』 외. 스토리텔링 집 『꽃은 한을 먹고 핀다』.

화명 파크 골프장

권오열

초록의 잔디 위에 햇살이 내려 꽂힌다
온몸은 땀으로 흠뻑 젖고
뜨거운 햇살이 공치는 사람을 못 들어오게
막아서인지 그린엔 몇 사람밖에 보이시 않는다

골프장 바로 옆 낙동강 물은 유유히 흐르고
길 잃은 철새는 물안개 사이로 날아오른다
고추잠자리 몇 마리가 내 주위를 맴도는 데
이렇게 조용히 햇살이 내리면
시향을 읊조리는 시인 친구 눈웃음
따사로운 고운 눈빛
정겨워서 고와라
뽀얗게 흐르는 물안개 사이로
보일 듯 말 듯 청량한 마른 잎의 노랫소리
고운 임 잔디 위로 공이 힘차게 구른다

권오열
시를 짓고 듣는 사람들의 모임 부회장. 한국독도문학작가협회 이사. 황령문학회 동인.
부산향토문화연구회 연구위원.

지하철 분수대

권채영

오래된 시든 꽃이

큰 꽃병 하나 가득

성한 데 별로 없이

오직 입만 살아서는

진종일 물소리 함께 시끌벅적 다투네.

권채영
경남 합천 출생. 2009년 《문장21》 등단. 글터 '상상' 동인 회장. 《오륙도문학》, 《문장21》 편집장 역임. 고운문학상 수상 외. 수필집 『세월 속에 새긴 쉼표』 외.

낙화

권혁동

꽃비가 내린다
조근조근 다짐하던
사랑이여
사랑이여

차마 그냥 가지 못하고
멈짓멈짓 돌아보는
이별이여
이별이여

그런 날 나에게도 있었지
아등바등 피워낸
눈물겹던 사랑
눈물겹던 이별

권혁동
부산시인협회 회장 역임. 부경대학교 명예교수.

붉은 봄

김경희

겨울이 잘려나간 자리에
보랏빛 제비꽃이 군락으로 들어선다
묵은 눈덩이 집을 지은 웅덩이에
수줍은 봄 아가씨 진주 이슬 너울 쓰고 이사를 한다
겨우내 숨죽였던 봄바람이 산등성이 따라
자박자박 봄 길을 걷는다
창틀에 갇힌 잘린 바람에도 봄꽃은 기웃거린다
그 옛날 어머니 닮은 따뜻한 손으로 흙을 펴 올리리라

어디선가 들려오는
베토벤 합창곡이 춤을 추며 앞산 위에 걸린다
산속에선 봄맞이하듯 모음 자음 노랫말 엮어
오케스트라 지휘자 손에 이끌려 새들도 제자리에 서서
봄을 찬양하며 지지베베 화음을 맞춘다
겨우내 등 때린 입동 바람 환승역 너머로 보내고
봄 햇볕 불러 뿌리 들린 보리를 꼭꼭 밟으련다
높은음자리표 악보 따라 햇살 퍼지는 오후
꽃 피고 바람 부는 사이로 꽃잎을 날리며 봄은 오고 있다

김경희
한국바다문학회, 부산국제펜, 부산문인협회 부회장. 한국현대문학작가연대 부이사장 역임. 시집 『시는 멜로디를 타고』, 『꽃물, 손끝에 지던 날』, 『그대 입술에서 꽃이라 불리던 내 이름』 외.

찔레꽃이 하얗게 피었습니다

김다솔

하얀 옥양목 치마가 그리운가요

덮고 계신 시트를
치마폭인 양 허리춤에 걸치셨네요

창가에 고개 내민 모습은
여린 풀잎이 벼랑 끝에 매달려 있는 듯합니다

찔레꽃 향기 따라 날아다니고 싶으세요
어르신의 눈 속에
깊게 고여 있는 이슬이 말하고 있네요

가시보다 더 아린 상처
홍어처럼 삭히다 보니 이미 허물어 버렸나 봅니다

발효된 영혼마저
어디론가 떠나보내고 싶은가요

이제 다 버리고
홀씨 되어
마음껏 날아다니고 싶으신가요

김다솔
1993년 《문예한국》 등단. 통영문인협회 회장. 시집 『궁항리 바다』 외.

빈방

김도원

어둑해진 공간에서 긴 그림자가 창문을 흔든다
벽에 박힌 못은 반쯤 꺾인 상태로 침묵한다
타협할 수 없는 형태
무엇과도 섞일 수 없는 단호한 눈짓
차라리
하늘을 향해 꺾였다면 작은 소품이라도 걸 수 있으려나
가난한 벽이 낮은 소리를 낸다
벽의 탄식이 바깥 어둠을 몰고 온다
웅웅웅 소리들이 떠난 지는 오래다
낮고 침울한 공간
퀘퀘하게 변한 천장과 벽지
덜렁대는 가구가 입을 열고 찬 공기에 입김을 분다
대답없는 공기는 어둡다
창살 문 사이를 비집고 냉한 바람이 분다
어머니의 고단한 허리는 없다

김도원
2010년 《수필과 비평》 신인상.

구조라의 밤

김동근

휘영청 보름달이 밝다 못해 붉은빛을 발산했다. 피의 보름달이었다.

화형이든 교수형이든 형 집행을 하기에 더할 나위 없이 좋은 환경이었다.

커다란 후박나무가 망나니처럼 서 있다. 늘어진 가지가 어서 밧줄을 걸어달라고 채근하는 듯했다.

캠프파이어는 '노우지 위치Nousy Witch'라 했던 일레인이 주도를 했다. 이번에는 악단까지 데리고 왔다. 악단을 지휘하는 그녀에게서 아우라가 느껴졌다. 그것은 보름달에서 반사된 것이라고 생각되지 않았다. 적어도 내 눈은 그렇게 받아들였다.

파티가 불이 붙었다.

드디어 장작불까지 지폈다. 커다랗게 불이 피어올랐다.

이제 저 장작더미에 올려놓기만 하면 된다. 나는 기회를 노렸다. 몸에 끼얹을 휘발유도 준비했다. 오늘 밤 오래도록 계획했던 마녀를 비로소 잡는 것이다.

마녀사냥을 위한 식전 행사로 노래와 춤이 끊이지 않았다. 구조라 앞바다를 비춘 달빛이 붉은빛으로 일렁거렸다. 달빛에 반사된 밤바다도 춤을 추었다. 주위가 더욱 음산하게 달아올랐다.

기어이 화톳불에 비친 커다란 후박나무 그림자가 괴물

처럼 너울거리며 다가왔다…….

소설 「모켓불 왈츠」 중에서

김동근
소설가. 부산문인협회 회원. 고운 최치원문학상 수상. 장편소설집 『노거수』 외.

꽃 그리고 너

김동섭

꽃이 예쁘다
너도 예쁘다

꽃은 향기로
너는 그리움으로

아직도 다 그리지 못한
수채화 한 점

김동섭
부산가톨릭문인협회, 부산남구문인협회 회원.

산의 물 나그네

김두기

산 깊어 숲이 지고 물 맑아 강이 되네
가지 끝 향한 방향 임에게 꽃잎 열고
산객은
무심의 물결
밀치고 노 젖는다
쏟아진 구름 잡고 어디로 가고 있나
조각배 밀고 가는 바람에 이름 붙여
가는 이
멈추는 사람
두리둥실 떠나간다
산이라 높음 올려 일필이 찍어낸다
물 울음 메아리가 인연 자락 문혀온다
기러기
바라보는 곳
물회오리 날아간다

김두기
2002년 《현대시문학》 신인상. 부산문인협회, 오륙도문학회 회원. 운율마실 정회원.
시집 『시인이 된 청소부』, 『껍질을 위로하다』, 『열고 보니 허공』 외.

별빛

김만옥

별빛이
저렇게 아름다운 건
아득히
멀리 있기 때문이라 한다

당신은
또 얼마나
아름답게 빛나려고
그토록 멀리 있는가

차라리
오늘밤 당신이
저 하늘에
별빛이 되었으면

김만옥(人山)
매일시니어문학상 당선 외. 한국문학신문 선임기자.

밀고둥

김무영

햇볕에 간 밴 땀방울 핥고 있다
차돌에 붙은 가시리로 허기 채우면
모래밭 끝에서 끝으로 자맥질 세상

태풍이 몇 차례 바위 덮쳐 방향 잃고
초가 막고 선 담장도 벽으로 가려
너를 추억하던 너도 없다

수평선 너머 은하로 달려가는 꿈이
절어 거품 된 파도 위 맴도는 해안
그곳에 있어도 늘 떠가는

어느 날 별 뚝뚝 떨어지는 잘피 사이로
해금강에서 길 잃고 반세기
'서불과차徐市過此' 물고 나타났느니

김무영
1982년 〈거제문학〉 태동과 함께 문단 활동. 거제문인협회 회장 역임. 시집 『그림자 연서』 등.

봄이 오듯

김미순

가시철망을 타고 봄은 왔다

가시에 매달린 생선 몇 마리
하늘 향한 입 가득
후두둑 바람만 쏟아붓고

배 속을 덥히던 낮의 열기
눈 밖으로 뽑아내야지
철저하게 수분을 없애기 위해

한쪽씩 번갈아 저리던 어깨
아픔으로 들끓어 절룩거리던 무릎

벗어
새살로 채워 서리
햇빛, 꽃 속에 떨어지듯.

김미순
1987년 《문학과 의식》 등단. 부산시인협회 이사장. 국제PEN한국본부, 한국현대시인협회 이사. 부산문학상 본상 외. 시집 『바람, 침묵의 감각』 외.

제2부

애기 똥 풀꽃

김병래

논두렁 밭두렁에
지천으로 피어있네

엄마 젖을 먹은 애기가 눈 똥
같다 하여 불려진 이름이네

몽글몽글 누렇게 피어있는
모습이 꼭 애기 똥 같네

이제는 애기들 보기가
하늘의 별 따기이고

논두렁 밭두렁에는
애기 똥 풀꽃만 무성하네

김병래
부산문인협회, 부산시인협회 회원. 문예시대 작가상. 시집 『내가 사랑하는 세 여인』.
수필집 『아나운서와 술』.

감사합니다

김병호

복스런 태양
이부자리 거두고 눈가에 앉아
햇살을 부여잡고 일어서는
굳은살에 세포의 반란
한 생명의 동공은 밝았다
거울 속마음을 담금질하며
목표물 향해 일정을 써 내려가는
언어의 윤곽에 좌표가 꿈들
유일한 인체의 흐름에 맞춰
시간적 공감을 형성
하루가 가는 생태의 움직임
체온의 수기를 작성하는
체감은 태양의 열정에 있고
감사하는 마음의 열도를 열어
발자취에 남겨질 진위는
서녘 노을 속에서 가려진다

김병호
2015년 대한문협 신인문학상 수상. 부산문인협회, 불교문인협회 회원. 부산문학인협회 이사 및 작품상 수상.

갇힌 밤을 걷다

김사헌

숲 향에 끌려들어선 청옥산 고갯길
짧은 석양을 놓치고
달 없는 낯선 길 전조등에 맡긴다

예고 없이 쏟아지는 빗줄기
마주치는 불빛조차 찾을 수 없는 밤
비틀거리는 길을 더듬는데
어둠이 불빛 숨길마저 삼켜버린다

눈동자 지운 눈으로 돌아보는 길
환한 불빛 속으로 다가오는 얼굴
무심하게 흘려보낸 반딧불 인연이다

작은 전구가 달없는 길을 밝히듯
돌아볼 틈 없이 털어낸 손바닥이
걸어온 험한 길 밝혀준 등불이다

한치 앞 가늠할 수 없는 어둠
숨소리 쫓는 맹수로 변한 숲에서
나는 숲이 되기로 한다

*청옥산 : 경북 봉화에서 강원도 태백을 잇는 산

김사헌
부산문인협회, 새부산시인협회, 부산가톨릭문인협회 회원. 박경리 전국시낭송대회 대상 수상 외. 시집 『얼음 꽃밥』.

그리움

김삼석

너에게로 가는 길은
가슴 한켠씩
뜯어내는 일

너는
한 그루 나무이고
나는
닿으며 발버둥치는
바람

김삼석(仁誦)
거제문인협회 회장. 북한강 문학제 대상. 시집 『겨울 어느 따뜻한 날에』.

DMZ

김새록

황조롱이가 벽과 벽 사이를 넘나든다

나목이 되어 서 있는
발신자도 없고 수신자도 없는 뒤틀림을
다독이며 북녘땅을 아우른

녹슨 철모가 하늘을 이고
붉게 찍힌 꽃잎을 휘날린
모가지가 긴 새가
눈물이 들썩이는 암호 소리

유월 바람이 육자배기로 풀어헤친다

김새록
시집 『빛, SNS를 전송하다』, 『꼬부라진 비명이 잘려 나갔어』, 수필집 『변신의 유혹』 외. 월간 《문학도시》, 계간 《부산시인》 편집위원.

유리창

김선아

유리창을 닦다가
초록이 무성한 나무를 닦는다

나무들 너머로
몇 번이나 흘려보낸 허공도 닦는다

아무리 닦아도 지워지지 않는말은 한복판
한복판 위는 하늘

하늘에서 보면 나는 한 점이지
나를 비추는 빛도 한 점
빛처럼 큰 소리로 일하던 그도 한 점

닦다가 한 점이 된 나를 본다
한 점이 된 그를 본다

그가 있는 세상
보고 싶다.

김선아
2005년 《대한문학세계》 시 등단. 부산여성문학인협회 이사장. 한국문인협회, 한국여성문학인회 이사. 계간 《여기》 발행인 겸 편집인. 한국문협작가상 외. 시집 『뭉툭』, 『봄』 외.

벚꽃 아름답게 지던 날

김수민

나풀나풀 반짝반짝
햇살 타고 놀다가

폴짝폴짝 바람 타고
뛰어놀다가

대굴대굴 깔깔깔
몰래 청춘 몰래 비켜 가는 세월

경이로운 배려마저
허사롭구나

김수민(연주)
2005년 한국시 신인상으로 등단. 한국문인협회, 부산여성문학인회 회원. 부산문인협회 이사. 호우문학회 회장. 한국시낭송대상 수상 외. 시집 『조금씩 낮추다』, 『어머니의 바다』

호박 등 하루

김수연

햇살 속에 먼지 알갱이가 춤을 춘다
눌려 숨을 멈춘 목소리가
하늘 먼지로 떠다니는가
숨진 사링 뼈를 안고 백골이 된 종지기
심장 무너지는 쉰소리가 화살로 날아온다

가로수 벚나무 잎들이 하르르 떤다
햇살에 투명한 피 흐르는 가슴
한 잎씩 지면 빈 하늘이 서늘하다

저물녘 거리엔 호박 등이 이를 드러내고 웃는다
제복을 입은 아이들이 작은 관을 메고 간다
자주색 천 덮인 귀퉁이마다 흰 꽃들이 대롱거린다
스무 살 하얀 드레스 아가씨는
긴 나무 상자 속에 누워 꽃다발을 가슴에 얹는다
검은 거인들이 몰려와 관을 메고 어둠 속으로 흩어진다

파편으로 달리는 하루,
이명만 남는다

김수연
2016년 《부산시인》 등단. 부산시인협회, 부산문인협회, 부산가톨릭문인협회, 부산남구문인협회, 그림나무 시문학회 회원. 시집 『낯선 정거장에서 파도 읽기』.

해맞이

김시우

어쩜 저리 사랑스러울까
선홍빛 둥근 얼굴이
조금 전 내가 분만한 아가 같아

골목길 돌아 6차선 도로 저 앞에서
동녘 하늘 가득 채우고
내게로 다가오는 너
부끄럼 잊고 가슴을 열어젖혔다

어서 오거라 아가야
탱글탱글 젖힘이 뻗친 유두를 빨아라
힘차게 치솟아
너를 기다릴 모든 것들에 기쁨을 안겨 주렴

산마루의 검-바위도
개펄의 짱뚱어도 너를 기다린 지 오래

더 함도 덜 함도 없이 모두가 나눌 수 있게
해야 솟아라
밝고 고운 해야 높이 높이 솟아라

김시우
《문장21》 등단. 부산문인협회, 부산남구문인협회 회원. 시집 『누구나 자기 이름으로 산다』, 『내 이름은 김시우』.

입춘대길

김영자

차디찬 골목어귀
유순한 바람불어

메마른 철쭉들도
하나둘 움이트니

햇빛도 길게 늘어진
추임새를 넣는다.

걸쭉한 세상시름
시나브로 잊혀지길

매서운 추위마다
기다린 건양다경

그렇지 천상운집이
이거 말고 또 있나.

김영자
2021년 《현대시조》 등단. 거제시조문학회 감사.

우정 꽃

김예순

겨울 끝자락
따스한 봄 햇살 아래
바스락거리던 마른 나뭇잎
힘겹게 들춰 솟구친
고개 내민 앙증맞은 들꽃

들녘 가득 봄까치꽃
들녘 가득 얼러지꽃
들녘 가득 클로버꽃
들녘 가득 제비꽃

알록달록 사방이 눈부셔
오묘한 들꽃 향기 꽃잎 되어
하르르 화사한 봄날
추억 만들며 웃음꽃도 활짝
지지 않을 우정 꽃피는 날

김예순(소정)
부산문인협회, 부산본격문학가협회, 국제펜한국본부 회원. 신서정문학회, 부산문학인협회 부회장. 영호남문학회 부회장 역임. 부산수필문학회 감사. 남구문인협회 이사. 수필집 『내 마음의 정원』. 시집 『시 속에 피는 꽃』, 『유월의 사랑편지』 외.

포도가 익듯

김옥희

햇볕 내리는 여름날
무성한 포도 잎 사이로
포도송이가 얼굴을 내민다

한여름의 뜨거운 태양은
햇살을 보내
포도송이를 유혹한다

여기저기 바쁘게 사랑을 전달하는
벌들
노동의 대가를 꿀로 받는다

포도가 익어 가듯
나의 시詩가 익어
감흥과 감동의 송이로 맺혀
나날이 영글어 가면 얼마나 좋을까?

김옥희
부산문인협회, 부산시인협회 회원. 부산가톨릭문인협회 홍보차장. 부산남구문인협회 사무차장. 시집 『자전거에 꿈을 싣고』 외. 오륙도문학상 작가상 수상.

몽돌

김완수

학동 몽돌은 바다가 하늘 되고 싶은 꿈
잠꼬대 철썩철썩 바닷가에 퍼질수록
파도로 꿈을 쌓으며 모난 맘도 깎는다

검은 꿈 반들반들 하늘을 닮아 갈 때
둥근 꿈결 반짝 읽어 풀이하는 여름 해
파도는 스르륵대며 물빛 소망 연방 뱉고

먼바다 물결처럼 잦아드는 숨소리
나도 만약 꿈을 꿔 하늘 될 수 있다면
몽돌에 가만히 귀 대 바다 꿈 엿듣겠네

김완수
2013년 농민신문 신춘문예에 시조, 2015년 광남일보 신춘문예에 시, 2021년 전북도민일보 신춘문예에 소설이 당선. 시집 『꿈꾸는 드러머』, 동화집 『웃음 자판기』, 시조집 『테레제를 위하여』.

항아리

김용빈

청자靑瓷보다
잘난 것 없고
토기土器보다
못난 것 없어도
너는 항상 그 빛 그대로구나.

보물寶物을 담거나
오물汚物을 담아도
추운 바람이 불거나
뜨거운 태양이 쪼여도
변함없는 심성心性 그 하나로
너는 항상 그 빛 그대로구나.

김용빈(默泉)
소설가. 부산남구문인협회 부회장. 글밭문학 회장 역임.

환장

김용호

단 하나 꽃대 올려
춘란이 피었습니다.

재작년 얻은 춘란
코로나도 버텼습니다.

보다가
다시 또 보아도
좋아서 환장입니다.

김용호
전국 시조가사 공모전 일반부 최우수상 수상. 거제시조문학회 편집장.

뒷모습

김원용

보고 싶었다고
한마디 못하고 돌아서니

빨갛게 태운 가슴이 터질 것 같아
다시 돌아서니

저만치 내려가는
뒷모습 안개 덮쳐 볼 수 없네

손이라도 잡고
젖은 눈으로 사랑한다고 전할걸

좋아한다는 말 못 하고
고개만 숙였지

김원용
2009년 《문예춘추》 등단. 한국문인협회, 부산가톨릭문협 회원. 새부산시인협회 부회장. 금정구문인협회 회장. 시집 『그러니까, 먼로』 외.

낮달

김윤수

생의 행간을 빠져나간 집안 어르신 조문 후
들른 카페 안에서
광안대교를 바라다본다
쪽빛 바다 위에 백동전 같은 달 떠 있다
허공에 걸려 있는 조그만 들창 같으다
침을 발라 정교하게 뚫어 놓은 구멍 같으다

사람이 죽으면 다 별이 되는 줄 알았는데
하얀 낮달로 걸려 있다
세상을 끌어안기 위해
어깨와 손목이 활처럼 휘어져 있다

김윤수
《문장21》, 《사이펀》 신인상 등단. 소로문학골 동인. 시집 『기억 속 별을 찾아』, 『고양이 울음이 남은 저녁』 외.

수묵화

김자효

가슴 깊은 곳
그림을 그리고 싶다는
열망의 불씨가 꺼질 줄 모르고
세월이 흐르고 흘러 황혼에 이르러
붓을 잡게 되었다.

새로운 희망이 벅차올라
손끝에서 꿈을 찾아
순백한 마음 한 자락 펴고
하얀 화폭 위에 아쉬운 인생의
꽃송이를 피워 올린다.

고요히 드리우는 달빛처럼
온 누리에 밝은 미래를 찬양하듯
나이가 무색할 만큼
짙어가는 황혼의 아름다운 삶이
먹물에 녹아들어 붓끝으로 스며든다.

김자효
2009년 《문예시대》 등단. 금정문인협회 회원. 시집 『황혼일기』 외.

마네킹이 되어

김점홍

머리에 스프레이를 뿌린다
빨간 립스틱을 바른다
세련된 장신구로 몸을 치장하고
클레오 파트라가 된다
진열장 속 그녀처럼
발굽을 높여 엉덩이를 좌로 하며
자신이 최고인 양 목에 힘을 주고
나르시시즘에 빠져든다
진열장의 불빛이 사라지면
눈먼 나날들
그 어디에도 나의 왕관은 없다
대롱대롱 거미줄에 흔들리다
거센 바람 보이지 않는 허공에 서서
아직도 그녀는 꿈을 꾼다

김점홍
2014년 《국보문협》 등단. 실상문학 우수상 외. 시집 『박꽃에 핀 푸른 달빛』 외.

봄. 봄. 봄

김 정

영축산 물이 올라 꽃샘잎샘 터뜨리면
골짜기 나뭇가지 일필휘지 초서체다
만삭의 장독대마다 봄의 문장 익는다

쪽풀도 몸을 밀고 라일락도 서두른다
선착순 금낭화가 방명록을 적고 나면
양지쪽 민들레 슬쩍 발 도장을 찍는다

바람과 물소리도 초록빛 응원가다
울타리 시화들도 야생화로 피어나고
어울려 벙그는 봄날 공작새도 깃 편다

김 정
2004년 《현대시조》 등단. 부산여성문학상 외. 시조집 『맨발로 온 여름』, 현대시조 100인선 『문자 실루엣』, 『장미꽃 엄마』

파도를 타다

김정숙

광안리 바다 위
발가벗은 빛들이
해적선 키를 잡는다

빛을 섬기는 폭죽에
하늘도 바다도 땅도
귀가 먹어버리는데

광안대교를 안고
꽃불 태우던 빛들이
끝내 물속으로 뛰어드니

파도를 데려와
뭍으로 뭍으로
제 살점 밀어내는 장송곡

김정숙(藝香)
2009년 《문예사조》 등단. 부산문인협회, 부산시인협회 이사. 부산여류시인협회 부회장. 부산남구문인협회 회원. 시사위문화예술회 초대회장. 부산아시아공동체학교 시낭송 아카데미교사.

장사익

김정희

장미 뒤에 숨은 찔레꽃에서
주름 가득 잡힌 얼굴을 보고
하늘 가는 길
상여에 누워 앞소리를 듣는

꽃구경 가는 길에서
노모의 솔잎이 바늘처럼 찌를 때
나는 죽음을 노래하는 시인
친근한 미소로 다가오는 죽음은
어느덧 일상

죽음을 모르고 어찌 삶을 노래하랴

죽음과 삶이 교차하는 무대 위
내일의 수의가 될 야얀 모시적삼에
절절이 토해내는
붉은 피 울음

김정희
거제문인협회 회장 역임. 청마기념관 사무장. 거제시극문학회 회장.

7월 꽃차

김종모

높새바람 떠 옮긴 향긋한 바닐라 체취
엄동설한 모진 고초 한 몸에 다 받고
고장 난 우리네 가슴
그대로 깔고 앉아서
이른 여름 따갑게 내리쬐는 땡볕 속
뽀얀 얼굴 검게 그을려 못 알아 볼까
노심초사 기다리며 분단장했네

웃는 듯 마는 듯 잇몸 미소하나 내어놓고
살포시 포갠 입술 향기로운 입내음
부끄러워 스르륵 예쁜 눈 감아버렸다

무정한 짙은 초록 이파리
양어깨 줄무늬 계급장 달고
하계 오신 뽀얀 가인 호휘해주네

외다로 핀 청순가련한 백의녀
강우기 누르스름 찌든 모습
뻰질나게 찾던 나비 그냥 스쳐남 가네

김종모
시마당 수석부회장. 황령문학회 동인. 한국독도문학작가협회 자문위원.

오늘이 가장 젊은 날

김종화

선글라스에 젊음은 피어나고
꽃 속에 사랑의 흔적을 찾아
멋진 포즈 다투어 연출한다
꽃보다 내가 최고야 하면서

먼 하늘 푸르름을 뒤로 하고
사진을 열심히 찍었으니
여기저기 잽싸게 까톡거리고
남는 게 요거라고 뽐내며
행복한 웃음꽃 가득하다

오늘이 가장 젊은 날인걸
이제야 알았는지
어디든지 훨훨 잘도 다닌다

까톡 까톡 까톡!

김종화
경남 함안 출생. 2019년 《부산 문학》 수필 등단. 부경대학교 명예교수. 편역 『조선인 위안부』

자목련

김지원

매초롬하던
홍매화 지고

바람이 놀다 간
하늘가에 내어 단 홍자색 꽃등

어릴 때 울 엄마 입으시던
치마저고리 닮았다

고목 끝 음전하게 핀 엄마꽃
자줏빛 먼 그리움

김지원
2017년 《문학예술》 시 등단. 부산문인협회, 부산시인협회 회원. 청옥문학협회 사무국장. 한국꽃문학상 수상 외. 시집 『숲길을 걷다』

아스팔트

김진아

뜨거운 햇살
살갗 타들어 가지 않게 하려고
완전무장한 모습

눈 앞을 가리는 별
주저앉아 버려도 다시 일어서서
긴 쇠 파이프 옮기는 노동

가장家長의 무게만큼
뇌리를 꾹꾹 눌러 밟고 있는
인생의 잔재殘滓

마스크를 끼면
다시 두통이 반복되어 진다

김진아
시를 짓고 듣는 사람들의 모임 감사. 한국독도문학작가협회 회원. 황령문학회 동인.

제3부

방하착放下着

김찬식

결별 아닌 것은 없다
애지중지하던 모든 것들
저 뒤편으로 사라져 간다
결별의 마음은 내려놓음이다
패배가 아닌 세상을 이기는 것
이제는 욕망을 내려놓을 때
취할 만큼 취하였으니
더 이상 취하여서 무엇 하리

살아내야 하는
살아있는 모든 것들은 외롭고 고독하다
품격의 삶으로 여여하게 가라
방하착放下着이다
남은 여생을 위해
스스로 감탄하고 위로하라
긴 삶의 여정에 승리한
나를 위해 축배의 잔을
기꺼이 높이 들라 건배~!

김찬식
부산문인협회 부회장 역임. 부산문학상대상 외.

달

김창희

어젯밤 네가 다녀갔지만
어둠에 갇혀 너를 읽을 수 없었어
반복되는 이명 때문에 아마 난 죽을 때까지도
너를 해석할 수 없을지도 몰라

자박거리는 너의 발자국소리가 바스러지며 먼
산을 울려도
너와 내가 머리 맞대어 볼 날 있을까

저릿한 연이 닿아 내 속의 빛이 너에게 가 닿을까
아님 너의 빛만큼 내 속에 길을 놓을래
다시 내 푸른 정맥이 돋아
내 속에 출렁이는 널 닮아 볼까
환해져 볼까

김창희
시인뉴스 포엠 대표.

살살이 꽃

김충남

신작로를 걸으며 누님이 꺾어주던
처음 받아본 다발의 꽃이여
세상에 없는 향기여
홑직삼 같은 꽃잎을 물고
첫나들이 수줍음을 달래던 누님의 숨결이
먼 산 노을을 익히던 그리움이여
실 같은 몸이 하도 서러워라
모가지로 흐르는 바람 앞에 온몸을 글썽이다
밤이면 오색 비늘 되어
달빛 타고 날아가는 누님의 빛깔이여.

김충남
부산시인협회, 문예사조시인협회 회원. 전, 부산시인 편집부 사진기자 및 편집위원.
카메라 아티스트. 알바트로스 시낭송문학회 이사 역임.

발레리나

김한빈

백조가 호수를 박차고
하늘로 우아하게 날아오른다
어항 속 금붕어가 꿈꾸는 발롱*
연어가 물살을 거슬러 힘찬 도약을 한다
어머니의, 그 어머니의, 그 어머니의 발목을 잡던
심지어 아버지의 발목을 잡던
대지에 뿌리박힌, 땅속으로 끌어당기는
저 중력의 사슬을 끊고 발롱
나비가 새 꽃을 찾아 사뿐히 날아오른다
아이가 연을 날린다

* 발롱(ballon): 발레에서 뛰어오르는 모습(공중무용)을 가리키는 말.

김한빈
2014년 《문장21》 등단. 부산문인협회 회원. 부산남구문인협회.

소년과 소

김현길

산 옆 논
물웅덩이 상수리나무 기대서서
햇살 따라 올려다본
눈부신 가지 끝으로
정지한
솔개 한 마리 외눈으로 째려본다
웅덩이 속
파란 하늘 우리 소가 빨아먹고
신명 난 매미 떼가
소나타를 연주할 때
저만치
꼬리 물고 노는 한 쌍의 물잠자리
한참을 즐기다가
심술이 슬쩍 도져
돌멩이 하나 여들없이 수면 위로 던졌다
평화가 깨어진 정원에
산 꿩이 끼듥댄다.

김현길(滸山)
거제문인협회, 거제시조문학회 회원.

영사기가 배꼽시계를 돌린다

김혜영

봄이 오는 길목
겨우내 숨죽이다 기지개를 켜는
설중매

삶의 굴곡이 묻어나는
동네 골목길
환한 꽃 등불 밝힌다

패터슨의 시를 읊으며
한 편의 드라마를 찍는
마을 영화관

렌즈 망막에 꽂힌
고등어 구이집
배꼽시계가 영사기를 돌린다.

김혜영
서울 출생. 2011년 《문예시대》 시, 2012년 수필 등단. 부산크리스천문인협회 부회장. 남구문인협회 이사. 계간 《문예창작》 편집위원. 한국가람문학상 외. 시집 『영사기를 돌리는 배꼽시계』 외.

아침

김희님

또 하루가 깨어납니다
창문보다 먼저
환한 희망을 켜고
사랑하는 사람들에게
감사의 마음을 보냅니다
오늘도 모습 볼 수 있으니
얼마나 고맙냐고
목소리 들을 수 있으니
얼마나 다행이냐고
밝아오는 푸름으로
하루 무탈 하자고
동터오는 여명 속에서
가벼운 차림으로 나서는
이 아침이 축복입니다

김희님
한국문인협회, 국제PEN한국본부, 부산문인협회, 부산시인협회, 부산가톨릭문인협회 회원. 시집 『안부』 외.

삼복더위

김홍택

누가 보기 좋게
초복
중복
말복을 정해놓고
마음으로 산다
복날이면
으레히 삼계탕을 먹는다
이열치열이라 했던가
이마에 맺힌 땀을 훔치며
한여름을 보낸다
덥다 너무 더워서
등목을 해도 소용이 없다
이 지구까지 말썽이다
장맛비를 맞으며
걷고 또 걸었다
수수깡으로 안경을 만들고
밤마다 뒤척이며 바로 보는 행복한 잠덧이다

김홍택
시를 짓고 듣는 사람들의 모임 사무총장.부산불교문인협회, 한국독도문학작가협회 회원. 황령문학회 동인.

잡초 뽑는 여자

노순자

사각 도시락을 층층이 올린 듯
하늘과 더 가까이 위태롭고 휘청거리는
정형화된 콘크리트 도시를 외면하고
여자는 자연의 품으로 파고들었다
청정 햇볕이 엎질러져 연신 살갗을 굽어대니
조석으로 생명수도 주며 임무를 다하고
들쑥날쑥한 뗏장이 가시넝쿨 모양으로 손을 뻗어
영역을 넓히며 푸름으로 도색을 한다
머리에 앉아 뜀박질하며 노는 여치 사마귀도
그룹을 자청하며 동색을 입고
여자의 행복 지수도 푸름이다
관절마다 얽히고설키고 꺾어진 다리
적들이 침범하지 못하게 친밀히 협력하는 자세다
호시탐탐 씨방이 비집고 들어와 살을 비벼대며
대적하지 못하고 동거하는 수밖에 없다
여자는 부릅뜬 눈을 굴리며 아린 손가락으로
잔디로 둔갑한 잡초와 사투를 벌인다

노순자
시를 짓고 듣는 사람들의 모임 부회장. 부산문인협회, 신서정문학회 회원.
한국독도문학작가협회 부회장. 황령문학회 동인.

청바지

노정숙

오십 년 지기 친구가 왔다

거제 궁농항
낚시공원 방파제에 앉아
'청바지를 외치며'
꿈틀거리는 낙지 한 마리에
소주 두 병
술 취한 파도는 노래를 부르고
청춘은 바로 지금부터다

거가대교를 달리며
달아오른 청춘의 밑줄을 긋는다

노정숙
2011년 《문학도시》 신인상. 시낭송가. 부산문인협회 이사. 부산영호남문인협회 부회장. 낙동강시낭송회 회장. 시집 『보이는 소리』 외.

모두부 사는 여자

대 희

오일 장날에만 만든다는
국내산 콩 두부

어디든 어울려라 게시를 타고 난
둥글동글 윤이 나는 콩
하늘 기운과 땅의 정기 품은
모난데 없는 콩의 본질,

삶겨 짓눌린 자박한 눈물은
하마 꼬신내 영양덩이로 환생하여
끝내 치우침 없는 네모로 잘려
반듯함과 공평함을 일깨운다.

모나지 않는 삶이길,
모서리 둥그스럼한 모두부를
애써 고집한다.

대 희
2011년 《부산시인》 등단.

U턴을 꿈꾸다

류경자

직진만 할 수 있는 고속도로
멈춤을 허락하지 않는 직진도로,
오로지 직진만 하는 세월
멈춤을 모르는 세월,

가끔 길을 잘못 들 때가 있다
그럴 때면 U턴으로 다시 길 찾기를 한다
만약 잘 못 들어선 길에서 U턴을 할 수가 없다면,

오늘, 길 위에서
생의 U턴 한번 해보고 싶은 순간에 서 있다
앞만 보고 달리는 고속도로
생, U턴은 허락되지 않는 신의 영역
그래도 생의 U턴을 꿈꾸며
멈춤이 없는 고속도로를 달린다

류경자
2005년 《문학도시》 등단. 단상집 『서른쯤 어딘가에 앉아 커피를 마신다』, 『너를 만나서』.

봄밤, 그리다

문인선

누가 물감을 뚝뚝 떨어뜨린다

포실턴 땅이 화들짝 흔들리더니

숨어 있던 연두 잎들이 쏙쏙 올라온다

자고 있던 나뭇가지 똥그랗게 눈을 뜬다

점점 짙어지며 번지는 저 빛깔

동산에다 쏘옥 커진 달 하나 그려 놓는다

달과 매화는 누가 먼저 눈길을 주었을까

속닥속닥 속삭이는 소리에

창안에 시인도 잠을 설친다

저걸 어쩌나

문인선
경남 하동 출생. 1997년 《시대문학》 등단. 경성대 낭송아카데미 주임교수. 부산여류시인협회 회장 역임. 부산시인협회, 부산국제펜 부회장. 한국농촌문학상 외. 시집 『땅 땅 땅』, 『애인이 생겼다』, 『그래도 우담바라는 핀다』 외.

담양 메타세쿼이아 길

민훈기

사계절마다 다르게 채색하는 가로수길
초록빛 동굴이었다가
갈색으로 치장하는 가을
관광객들의 눈길은 항상 새롭다

하늘 높이
쭉쭉 뻗은 자태에 빼앗기는 시선
영화 속 이국적 풍경을 만들어 낸다

연인끼리, 가족끼리
코비드19covid-19도 잊은 채 손 잡고
낙엽으로 떨어진 메타세쿼이아 잎
사랑에 흠뻑 빠져있던 젊은 시절이 그립다

숲에서 뿜어내는 깨끗하고 신선한 향기는
담양의 고도를 물들이고
나그네의 손끝에는 시詩가 영근다

민훈기
부산문인협회, 부산시인협회 회원. 부산가톨릭문인협회 부회장. 부산남구문인협회사무국장. 오륙도문학상 본상 외. 시집 『사색하는 하루』 외.

아, 팔만대장경

박달수

사람 몸 받은 축복
수수 겁 선업善業 공덕

목숨 담보 전쟁 막은
한마음 새긴 경전

사자후
팔만 사천 법문
사바 밝힌 법등이

인욕의 수레 끌고
자비를 일상으로

믿음에 날을 세워
탐욕의 탯줄 끊어

반야般若로
말 끊어진 자리
화엄 세계 열었다.

박달수
한국불교문인협회, 부산시조시인협회 고문.

고백

박미정

펜을 잡고

망연히

흘려보내는 시간

강물 아래로 가라앉았다

흐릿한 정물만 고정되어 멈춘 시간

소란스러운 생각만

부옇다

박미정
《문학도시》 주간. 부산시인협회 부이사장.

무애가 無㝵歌

박상주

헌 시계 삽니다
헌 컴퓨터 삽니다
웃자란 개망초 삼독심도 삽니다
오호라
원효대사 발길이 여기까지 왔구려

냄비도 때우소
무쇠솥도 때우소
저기 가는 저 신사 양심 판도 때우소
오호라
원효대사 하늘이 여기까지 왔구려

박상주
2012년 《불교신문》 신춘문예로 등단. 시조집 『막사발을 구우며』, 『물소리에 산을 열고』, 한영시조집 『백의를 그리워하며』 등.

지게와 바지게

박상진

지게 걸머지거나 바지게*를 져도
가쁜 숨에 허리 굽는 것은 마찬가지
지게는 혼자만의 짐을
바지게는 가장家長이란 짐을 지는 것

지겟가지에 바지이* 올린 순간부터
지겟등태 다 닳도록
의지할 것은 지겟다리와 지겟작대기뿐
누구도 대신 질 수 없는 짐

바람만 불어도 눈물 고이는
석양에 서성이는 진이 빠진 바지게
어깨 짓누르는 바지이 군소리를
들어도 못 들은 척
숨 찬 황토비탈 터벅터벅 넘는다

* 바지게 : 바지이를 얹은 지게.
* 바지이 : 싸리나무로 엮은 반달형 지게용 발채.

박상진
경남 통영 사량도 출생. 부산문인협회, 부산시인협회 회원. 작가와문학상 외. 2010년 《부산시인》 신인상 당선. 시집 『다 쓴 공책』, 『사량도 아리랑』, 『바람과 파도의 거실』.

민들레

박순미

거친 바람에
저려 오는 숨결
따뜻한 등이라도 기대 보았으면
두 손 모은
간절한 소망이네

꿈결 같은 바램 흔드는
건달 같은 찬 바람
생 몸살로 지샌 어둠 속으로
환청처럼 귀에 익은 작은 목소리

깊이 간직한 그리움은
알 듯 모를 듯 통증처럼 앓다가
쪼그린 돌틈 사이
누구의 사랑 고백인지
노오란 웃음으로 환생한
앙증스런
애기 민들레

박순미
경남 함안 출생. 부산국제펜문학, 부산가톨릭문인협회, 고샅문학 회원. 부산문인협회, 남구문인협회 이사, 부산문학인아카데미 부회장. 시집 『하늘을 오르고 싶은 사다리』, 『둥근약속』 외.

금잔옥대

박옥위

추사*가 사랑한
술잔이다

금 잔 옥 대

한라산 백록담도
한 잔의 술일러니

옥대에
받쳐 든 금잔

다 마셔도 술이다

* 추사 : 김정희
* 금잔옥대: 제주도의 수선화

박옥위
1965년 《새교실》, 1983년 《현대시조 시조문학》 천료. 1990년 석필 2021년 에세이문예 수필. 시집 《금강초롱을 만나》 외. 아르코 문학창작지원금. 성파시조문학상. 이영도시조문학상 외.

동심초

박영순

해 뜨고 비 내리는 고향마을 산마루에
가뭇한 보리밭길 술렁이는 풀빛 따라
빈 들녘 워낭소리는 논두렁에 정겹다

연분홍 꽃잎파리 나비 되어 흩어지고
산들바람 그리움에 옛 추억 묻어나면
내 고향 뒷동산에도 살구꽃은 피었겠지

개나리 꽃잎 따다 귀밑머리 치장하고
토끼풀 꽃반지로 소꿉 놀던 어린 시절
아직도 생생한 날들 언제 한 번 가보나

박영순
《현대시조》 등단. 거제문인협회 부지부장. 청마기념사업회 이사.

할미 앵무새

박혜숙

손자 고사리손이
노랗고 붉은 앵무새에게
시간을 던져주었다
말을 받고 다시 받기를 반복하다
알 박기 된 시선 외면할 수 없다
'앵무새 사 줄게'
손자를 달래며 동궁원 한 바퀴 돌아
출구 가게에서 두 마리 샀다
스위치 켜면 들려오는
'사랑해, 안녕하세요'

'사랑해 할머니' 전화 속 손녀 목소리
'할머니 앵무새 한 마리 죽어 가고 있어'
중얼거리며 말을 잃어가는 녀석을 위해
아들이 밥을 주자 살아났다고좋아하는 손녀
내 말을 따라 한다
자기 말도 따라 하라며 내게 독촉한다
귀요미의 앵무새는 할미다

박혜숙
국제펜 회원, 한국문협한국사편찬위원. 부산문협사무처장. 새부산시협부회장&주간.
한국동서문학상 외, 시집 『창밖에 들다』 외.

민들레는 홀로 핀다

반미숙

외로운 것이 아니다
매일을 새롭게 다투어
행복의 모습 스스로 가꾸려 한다

소소한 삶 속에서도 예쁜 소망들
기뻐만 할 수 없는 생활에서
나는 결코 포기하지 않으리

의지로 견디기 힘든 시련 속
그러나 꺾이지 않고 피어나는 꽃
홀로 피었지만 외로운 것이 아니다
흔들리지만 꿈을 접은 게 아니다

절대 외롭지 않다
민들레는 홀로 핀다

반미숙
《문장 21》 시 신인상. 한국문인협회, 거제문인협회, 글향문학회 회원.

숨비 소리

배기환

창창한 새벽 바다의 뚜껑을 맨 먼저 여는 것은
시베리아 빙산을 달려온 된바람도 아니고
바다의 막장까지 긁는 트롤선의 엔진 소리도 아니며
새벽잠 설친 아침 갈매기 끼룩거림은 더욱 아니다

저 찬란한 아침 바다의 봉인을 제일 먼저 뜯는 것은
바다의 태평성대를 위해 바람과 잡신 거두게 해 달라고
용왕님께 빌고 또 빌며 파도를 사내처럼 꼭 껴안고
물질하는 해녀들이 휴―휴― 내뿜는 숨비 소리다

배기환
1997년 《詩文學》 등단. 한국해양문학상 대상 외. 시집 『전생을 굽다』 외.

붓꽃

백영희

연자주색 가슴이 스르르 열리면
뜨거운 햇살의 반주에 환한 불을 켜
보랏빛으로 가지런히 풍경을 설치한다
긴 날의 고요가 병실의 두꺼운 벽을 누드리며
아픔의 가슴에 행복의 별을 단다
여자를 향해 뚝뚝 떨어지는 봄의 살점들
하늘 위로 문을 내며
바람에 업혀 사라진다
유리창에 앉은 빗방울의 입술
앞뜰에 숨은 여름을 훔쳐
간밤에 보라색으로 불 질러 버렸다

백영희
1994년 《시문학》 등단. 부산문학상 대상 외. 시집 『8병동의 똥방』 외.

제4부

주름살에 대하여

변종환

주름의 골이 깊어갈수록
거울을 자주 찾는 습관이 생겼다
주름을 뒤집으면 삶의 사연들이 지워질까
헤아릴 수 없이 푸르른 시절을 지나
주름의 힘으로 여기까지 왔는데
무심하게 비쳐지는 거울 속지
굵게 패인 주름 곁에 내가 서 있다
밭고랑 사이로 물길이 트이듯
세상의 밭뙈기를 경작하던 얼굴에는
가는 주름살이 눈 밑으로 자리 잡는다
사람과 사람,
사람과 세월의 소통을 일러주는
주름이란 깊숙이 내게로 통하는
은밀한 인생길이란 것을
오늘은 숙연해지는 나를
거울이 반짝거리며 바라보고 있다

변종환
부산문인협회 회장, 부산예총 감사 역임. 부산진구문화예술인협의회 회장, 한국현대문학작가연대 부이사장, 한국현대시인협회 이사. 시집 『水平線 너머』, 『풀잎의 잠』, 『풀잎의 고요』 외. 산문집 『餘滴』 외.

기다리는 마음

서주열

당신이 보고 싶어요
오늘도 그리 불러 봅니다
기다리고 있으면 외로워지고
보고 싶으면 눈물만 흐르는데
그 눈물로 씻은 당신의 모습이
참으로 아름답게 보입니다
어찌해야 합니까
기다리고 있을까요
생각하면 가슴이 타들어 가도
언제 올 줄 모르는 당신이기에
마냥 기다릴 수만 있을런지요
그러다 당신 이름 잊혀질까 봐
그것이 겁이 납니다.

서주열
국제펜한국본부 이사. 한국문인협회 재정협력위원. 한국문학신문 편집위원. 부산북구 문인협회 회장. 강변문학낭송인협회 이사장. 노산문학상 외. 저서 『바시리 연가』 외.

2023 봄비

서행수

오십니다 봄비
스르륵 툭 스르륵 툭툭
목메어 우는 아기
젓 꺼내 물리는
아낙네의 유두 같은
귀한 봄비

불타는 산들을
느긋이 소화消火시키며
바라보는 이들의
애간장 녹이는 봄비
웬일인가 백 년의
이른 벚꽃 피우는
축지법 봄비

순식간에 동장군을 부를 듯
영상 영하 기온을 오르내리는
롤러코스터 봄비
누구를 닮았나

서행수(一介)
《문장21》 등단. 목사.

산

선 용

예쁜 나무와 꽃
거기다 풀

어쩌다 한둘은
미운 것도 따라갔지만
물소리 새소리 바람 소리
그것도 모자라
다람쥐랑 산토끼까지

바지게 가득 바리바리
지고 온 짐
외딴곳에 부려놓고

구름이 되었는가
욕심 많은 나무꾼
어디론가 가고 없고

선 용
1971년 《소년세계》로 등단. 동시집 『고 작은 것이』 외. 동요집 『토란잎 우산』 외.
가곡집 『능소화』 외. 번역집 『티베트 민간설화』 외.

과속입니다

성복순

지하철 환승역에서 에스컬레이터를 타고
높은 곳에서 바쁘게 걸어 내려오는데
"또 과속하셨군요."라는
광고를 보고 멈칫했다
특별히 바쁜 일도 아니면서
종종대며 걸어가고 때로는 뛰어가고
과속은 당연한 습관이 되었다
벌금 딱지를 받았다면
내 재산의 손실은 얼마나 되었을까?
바르게 살아라, 정직해라, 규칙을 지켜라
입으로 아이들을 훈계하면서
내 모습을 들여다보니 부끄러웠다
나 하나쯤이야 하는 생각으로
죄의식 없이 추월하고 숱한 과속을 했으니
이제 나 자신을 돌아보고 벌금을 매긴다
빨리 가고 싶은 마음 꾹 누르고
에스컬레이터에 몸을 싣는다

성복순
부산문인협회, 부산시인협회, 부산불교문인협회 이사. 시가람낭송문학회 사무국장.
실상문학 작가상 외. 시집 『굿모닝 해피니스』 외.

잠

손경원

잠이 온다
눈까풀이 장마철 논두렁 무너지듯
내려온다
체면으로 이기기 힘들다
나도 몰래 눈을 감는다
사람들은 지고 이길 것이 많다
지는 것은 쉬우나
이기는 것은 힘들다
그러나
잠에 지면 몸이 편하듯이
이제는
조금씩 지고 사는 방법을 배워야겠다.

손경원
거제문인협회 회원. 청마기념사업회 회장 역임.

묵은김치 맛

손삼석

묵은김치보다 생김치를 좋아하는 입맛에
마누라는 잔소리를 넣어 김치를 담근다.
생각이 찾은 곳은 말 한마디 지지 않으려고
서로 아웅다웅했던 젊은 날의 기억
어느 하루 사소한 일로 버럭 화를 낸 나에게
말없이 두 손을 꼭 잡아주던 마누라의 손이
그렇게 따뜻한 줄을 처음 알았다.
익을 대로 익은 오래되어 묵은김치의 맛
씁쓸한 심장이 화끈거리며 붉었다
빨강이 진하게 물들어 가는 홍시처럼.

손삼석
《한반도문학》 신인상. 거제문인협회 이사. 청마기념사업회 회장.

봄을 캐다

손순이

햇살 포실한 들에서 봄 찾는 여인들
쑥이나 민들레, 냉이, 미나리
일상의 행복을 캐는데
네 잎 크로버 행운 찾는 이도 있다

실버들 늘어진 강에서 쇠물닭 놀고
까치들 둥지 만드느라 분주하다
개나리 피고 벚꽃 흐드러진 둑방에서
한갓지게 봄나들이 즐기면서
미나리를 제법 캔 여인들
오늘 그들의 밥상에 봄 내음 맛있겠다

손순이
부산문인협회 부회장. 시집, 동화집 외. 부산문학 본상 외.

폭포

손영자

수직으로 낙하하면 무엇이 남겠는가

떨어져 깨어지며 뒹구는 천둥소리

배짱도 저쯤은 돼야 무지개를 세우지

손영자
거제 출생. 부산문인협회, 부산시조시인협회 회원. 한국해양문학상 대상 외.

무엇을 채울까

손옥자

제비야
봄이면 어서 나가
소금 좀
뿌려라

악몽이
지나가는지
겁도 없이
밥 때든 아니 때든

마구
비워대는 빈 그릇
제비야
씨앗 하나 더 심어라

마음이
허 할수록
속이 든든해야지
그래야
마음이 야물지 않겠는가.

손옥자
2010년 《문예시대》 등단. 한국문인협회, 부산문인협회, 부산문학인아카데미 회원. 불교문인협회 이사. 오륙도시낭송문학회 부회장. 고샅문학회 사무국장 및 재무. 시집 『상사화』, 『아직도 바람이고 싶다』

꽃다림*의 기억

손은교

어머니, 한번만이라도
그 왁자한 정성에 취하고 싶습니다

거세게 부릅뜬 바다
멀미 난 달팽이관이 젖어서 우는
뱃전으로 불러 앉힌 초승달 교교히 안주 삼아
넌출 고향의 촉수 꺼내어 애잦는 잔치를 펼칩니다

허기지게 유목을 찾아
비린내 울어 예던 닻을 파닥일 때마다
뱃길의 족적 정처없이 더듬을 때마다
골목 어귀, 담장으로 비행하던 꽃다림
홀로이 가슴 보채어봅니다

어머니, 헤어져 있던 시간만큼
시리도록 언발이 자꾸만 기우뚱거립니다

* 꽃다림: 들과산에핀 꽃을따모아전을부쳐 먹는한국의전통놀이

손은교
국제펜한국본부 이사. 한국문인협회 문인복지위원회 위원. 한국국보문인협회 시분과 회장. 한국불교문인협회 부회장. 한국문학신문대상 외. 시집 『25時의 노래』, 『바람愛 피다』, 『꽃잎 위에 머문 카이로스』.

수국 예찬

송순임

갈래꽃 수국은
작은 조각들이 모여
통을 이룬다.
함께라서 좋다.
갈래는 흩어지기 쉽지만
모이기도 잘한다.
수국의 색은 환상적이다.
신비하고도 고상한 색이다
심중에 담긴 하고 싶은 얘기들이
오묘하게 들린다.
우리 모두는 갈래갈래 모여서
한통속이 된다.
수국은 함께 사는 법을 안다.
가족이. 친구가, 부부가 어울리며 산다.
오늘 아침 수국이 나에게 말을 건다.
갈래로 살래?
통으로 살래?

송순임
서울 마포 출생. 1997년 《시와 시론》 등단. 부산 남구문인협회 회장. 한국문인협회, 부산문인협회 회원. 문학도시 작가상. 시집 『봄비와 은행나무』 외.

점자 편지

송유미

이 슬픈 청맹과니 모래사막 한 권 택배로 받았습니다
끝없이 이어지는 '실크로드'였습니다
분명 와디 몇 개 어딘가 청혈淸血처럼 풀어놓았을 것인데
찾을 수가 없었습니다
그랬다지요
먼 옛날 아라비아 대상大商들 눈앞에서 길이 사라지면
모래사막 한가운데 아기 낙타를 묻고 떠났다지요
그러면 모성 본능이 하늘만 한 어미 낙타들
여기가 저기 같은 모래 무덤 속에 고이 잠든 새끼를
만 리 밖 물 냄새처럼 찾아냈다지요

한 삼 년 백내장 꿈처럼 앓고 나서
겨우 읽습니다, 환한 길 끝에서 손짓하는
당신 꽃 소식, 읽습니다
아픈 통점마다
물냄새 피우며 낙타들 걸어 나옵니다

송유미
2002년 경향신문 신춘문예 시 당선. 전태일 문학상 외. 시집 『점자 편지』 외.

엄마의 인생 예보

신명자

오늘은 구름이 많고
한차례 비가 오겠다던
일기예보
자주 빗나갔지만

지금도 믿고 싶은
엄마의 따스했던
인생 예보

딸아
너는 심성이 고와
좋은 사람들과
따뜻하게 잘 살 거야

신명자
2007년 《문학도시》 등단. 부산문인협회, 영호남문인협회 회원. 김민부문학제 위원.
시집 『꽃 진 뒤에 꽃 피우며』.

동계東溪

신철수

流溪水長木首潛 (류계수장목수잠)

木腰圓曲葛回上 (목요원곡갈회상)

溪水同形聲異古 (계수동형성이고)

鳥木上映溪笑相 (조목상영계소상)

문동계곡

흐르는 계곡물에 긴 나무는 머리 담그고
휘감아 오른 칡넝쿨은 나무 허리 굽혔네
흐르는 계곡물 모습 항상 같으나 그 소리 옛날 같지 않고
새는 나무 위에 앉아 물에 비치는 모습 보고 서로 미소 짓네

신철수(玉山)
거제문인협회 회원, 북시티 거제문학상(우수) 수상.

풀밭

심성보

유월의 초여름 날
깔판도 없는 소풍
그만 덥썩 앉았네
잡초도 클로버도
모두 다
방석이 된 휴식
즐거웠네 주말이.

돌아와 살펴보니
풀물이 배인 바지
이게 바로 풀의 맘
얼마나 힘들었나
수돗물 한 통 떠다줄까
잠도 오지 않는데.

심성보
국제미전 초대작가. 부경대 명예교수. 시조집 『풋콩』 외. 동시조집 『개똥참외』 외.

낙엽차

심옥배

어디서 온 것일까 서성이는 저 낙엽들
잎새의 그림자는 바람에 수런대고
고요한 가을의 정취 가슴 가득 밀려온다.

이처럼 맑게 개인 정경을 앞에 두고
차 한 잔 끓여내어 호사도 누려보자
감나무 생강나뭇잎 낙엽들도 고와라.

깊은 색 고요한 향 찻잔에 피오르고
여행을 떠나온 듯 설레는 마음으로
한음큼 낙엽을 우린 한 잔 차를 마신다.

심옥배
《한국수필》 신인상. 《현대시조》 등단. 거제문인협회 사무국장. 경남문인협회 이사. 경남수필문학회 감사.

구절초

안상균

구월 한철이 파랗게 지나가
조그만 어깨에 힘을 뺀 채
구름같이 흘러간 세월 굽이굽이 돌아
저 언덕에 소담스럽게 핀
구절초를 보며
지난 날들을 반추한다
점 찍고 바라본 푸른 하늘
가을바람 불어
내 안에 스며들어
왼손이 하는 일 오른손이 모르게 한다
왜 이렇게 이가 시린지
아득한 이름으로 찾아 보아도
지금은 아무도 없다
가을 하늘 빛나고
아홉 마디에 담긴 거룩한 뜻을

안상균
부산문인협회, 남구문인협회, 한국창작곡협회 회원.

춘당매가 사람 잡네

안정란

학생 없는 학교 구조라 초등학교
텅 빈 교정에서 떠나간 아이들 기다리며
우리나라에서 가장 먼저 피는 일월의 춘당매

겨울은 제자리 지키기에 바쁘고
매화만 빼꼼 고개 내밀어
겨울을 약 올리며 시샘하게 만들고

꽃 마중 나온 어여쁜 내 님
새초롬한 자태에 홀딱 빠져 그만
새호리기처럼 날아
매화나무 아래 납작 엎드리고 말았네

날개는 부러지고
부러진 날개를 다시 날게 할 봄
봄은 시름과 고통을 잠재우는
마법의 계절
춘당매가사람 잡았네

안정란
한국문인협회, 거제문인협회, 글향문학회, 시시콜콜 거제 회원. 청마기념사업회 이사.

산 2

양윤형

비 오는 날 안개 속에서도
젖은 눈으로 내 창을 여시던
아버지

어깨에 가장家長의 무게 짊어지고
돌아앉아 눈물 감추신
아버지는 산이셨습니다

당신의 등 뒤에 벼랑이 있었다는 것을
당신의 노랫소리가
슬픈 삶의 애환이었다는 것을
나 이제 늙고 보니
알 것 같습니다

바람마저 잠든 새벽
새소리
물소리로 오시렵니까

양윤형
2001년 《한국시》 등단. 시집 『빙점 아래 피는 꽃』 외.

양귀비

양 하

눈을 통해

들어온 한 가닥 섬광 때문에

눈은 멀고

가슴 한켠 고샅에 박힌

붉은 달덩이는 뜨거워

식혀도 식혀도 식지 않은 미련이여!

양 하(본명: 양태철)
《현대시문학》 발행인. 저서 『배롱나무-무소유를 위해 섬으로 떠난 시인』, 번역서 『쎄익스피어 5대 비극 5대 희극』 등.

선에 대하여

양재성

피부를 가르는 메스처럼
하늘과 땅과 바다를 가르는 선
수평선과 지평선과 금지선을 넘나들다
스스로 그은 선에 갇혀 버린 사람들
어군을 쫓는 촘촘한 그물처럼
땅과 바다와 공중에 펼쳐진 선
현상범을 기다리는 교수목의 밧줄처럼
선부른 희망과 분노를 자아내고
굴비처럼 엮이어 끌려가는
그물망에 갇힌 포로들처럼
끊을 수 없는 선

양재성
거제문인협회, 청마기념사업회 회장 역임. 시집 『나무의 기억은 선명하다』, 『지심도의 봄』 외

서툰 이별

염계자

우체국 계단에 앉아
밤하늘에 손편지를 쓴다

코스모스 흔드는 바람을 나무라며
달빛을 지우고
보이지 않는 바다를 그린다

늘 따라오던 그림자가 사라졌다.

수평선을 자맥질하는 불빛이
핏기 없이 주저앉는다

이별을 위한 언어들이 버벅거리며
물구나무를 선다

파도가 소리 내어 울지 못할 때
우리는
이미 예감했는지도 모를 일이다

염계자
부산출생. 2007년 《좋은문학》 등단. 시집 『겨울나비』, 『열꽃을 지운다』.

제5부

검색

옥명숙

세상의 모든 궁금함이 검색창으로 집결되는 까닭은
스마트한 검색 돋보기에서
내가
밤낮으로 자판을 두드렸다는 그 까닭만은 아니다

밤새
컴퓨터 자판에 올라서서
첫사랑처럼 그리움에 설레던
그 까닭만은 아니다

세상의 언덕에 서서
내가
기린처럼 서러움에 목이 길어진 그 까닭은
울음이 모두 목이 되어 길어지고 있는 그 까닭만은 아니다

옥명숙
거제 연초 출생. 경남작가회의 회원. 시집 『거제대로북스 가는 길』.

농바우

옥순룡

아득한 옛날 산골 입구에 자리를 틀고 앉아
마을의 나이를 담아 넣은 장롱같이 생긴 바위
국사봉 기슭 땔나무 꺾어 지게에 짊어진 무게
한 땀 한 땀 걸음 하여 허리에 싣고 내려와
바윗돌에 기대어 어깨 풀며 한숨 쉬어가고
조각난 햇빛이 물그림자 두드리는 개울가 산속
누렁소 풀 먹이며 바위에 뛰어올라 철없이 놀던 곳
펑퍼짐한 가운데를 평상 삼아 새참 먹으며
힘겨운 농사일 한 개비 담뱃불에 뿜어내던 긴 세월지나
주작 골은 알록달록 지붕 있는 마을이 되었네
몸 틈새 뿌리내려 백 년을 이어오는 소나무 한그루
모진 가뭄 불볕더위 한파 이겨 기어이 식솔이 되고
마실 나온 아낙들 기쁨과 슬픔의 응어리진 노여움 수다를
굳은 심장에 거두어
여태까지 오고 간 사람들 안녕을 걱정하는
그 마음이 고독한 밤이슬에 촉촉이 젖는다.

옥순룡
한국문인협회 회원. 거제시 해양조선 관광국장 역임.

그때는

옥영재

좁은 골목길에는 낡은 추억들이 파편처럼 부서져 있고
기억이 데려온 발걸음 새겨놓은 자리
에서 비릿한 젓 내음이 난다 바닷가를 뛰놀던 추억들 혀
끝으로 몰려오고 싸디싼 쓸쓸함이
어느새 밀물 되어 달려오는 한 조각 그리움

바닷물에 떠돌던 일상 갯바람에 매달리며
꼬르륵 배고픈 설움 마주 보고 웃는다

처마 밑을 거닐던 마른 대구 울음 걷어온 친구의 손에서
짠 내가 풍기고
고구마밭을 훔치던 발걸음은 한밤 풍경이 되다

닭서리에 잠을 빼앗긴 눈동자 빛나는 자취들
밤의 비명소리에 몸을 숨기던 암흑 속의 우화

세월이 데리고 간 기억 한 조각 집어 들고
추억 무상이라 잊힌 날들 불러와 하늘만 바라본다

옥영재
거제문인협회 회원. 고운 최치원문학상 외.

문동폭포

옥치부

문동폭포를 아시나요
내 마음의 이상향
쏟아지는 만고의 구슬 소리
태고의 옥구슬

삼거리 구천동
그 이름도 신비하네
어머님 손 잡고 찾던 곳
옛날이 되었구나

월인청강, 녹수 되어 흘러가네
백천입해, 바닷물이 되었네
언제나 해수불양
천리哲理를 가르쳐 놓고
넓은 대양의
남태평양으로 흘러가네

옥치부
경남 거제 출생. 2005년 《월간문학》 수필, 2021년 《국보문학》 시 등단. 한국문인협회 재정분과위원. 부산수필문인협회 자문위원. 수필집 『내 마음의 요』, 『누님의 텃밭』. 부산문학상 수필 대상 외.

동백꽃

원순련

설익은 그 인연이 무엇이라고
동짓달 긴 밤을 버선발로 건너와선
함부로 기대어 진심을 전했을까

사모도 눈물로 안고 자니
시나브로 둥지를 틀어
삼동 속에서도 피어낸 열정의 눈물

뚝 뚝 떨어지는
저 진홍빛 슬픔
홍건히 젖기 전에
어서 훔치고 그렇게 돌아가거라

원순련
국산초등학교장 역임. 한국예총 거제지회장.

텃밭에서

원준희

앞서거니 뒤서거니 키재기하는
먹거리 어우러진 그곳은
지친 내 영혼의 작은 쉼터

선대로부터 전해 내려온
땅 일구고 씨 뿌리는 지난한 여정
시공간을 넘나드는 영혼의 만남 자리

이름 모를 잡초 하나 자리한 연유 있듯
제각기 모양과 색깔 쓰임새 달라도
당당하게 어깨 춤추는 공간의 지배자

섬세한 신의 섭리 따라
사계절에 잘 맞춰진 시계추를 되돌리며
촘촘히 채워가는 내일의 여백들

원준희
《한반도문학》 시 신인상. 거제문인협회 회원. 청마기념사업회 이사.

낙엽

원철승

신열을 뚫고 새싹으로 태어나
타는 뙤약볕과 모진 비바람
벌레 먹는 아픔까지 껴안고 지내온
푸르던 시간 위에 서리가 내리면
마른 눈물로 잡은 가지를 놓는 계절

가을비에 젖어 들러붙고
북풍에 휩쓸려 사라진다 해도
모두 내려놓은 가벼움으로
기꺼이 서리 맞으며 가야 하는 길

이집트 미라처럼 마른 잎맥에
볼 시린 설움이 파고든다 해도
다시 뿌리를 거슬러 올라
싹으로 되돌아갈 꿈을 그리며
땅속으로 녹아드는 흑갈색 엽서

원철승
거제문인협회 사무차장. 거제예총 감사. 청마기념사업회 사무국장.

달궁에 별빛 내리고

유명자

계곡을 휘감아 도는 연초록 바람에
어떤 그리움이 떠올랐다
아래서 시작된 바람이 멈춰선 어디쯤
날선 오월은 고독을 통째로 밀었다
길을 잃어본 사람은 안다
바람에도 숱한 물음표가 있다는 것을
그리워하는 마음을 둘로 나눠
가난하고 외로운 나를 사랑했더라면
풍운에 꺾힌 고운 모래가 되었을까
산죽이 내어준 길을 지나고 보니
애초 길이 없었던 것처럼 무심할 때
그리움 또한 흔적 없는 길이 된다면
바람에도 날이 서진 않겠지
하늘과 맞닿은 달궁에 별이 내리고
어떤 그리움에도 갇히지 않는 계곡엔
길은 남겨두는 것이라고

유명자
한국예술총 거제지부 사무국장. 서라벌신문 문화부 기자 역임. 거제시문학 회원.

노을이 지면

유진숙

을숙도 강가에는 황금빛 불꽃이 인다

허공 속을 달리는 마음은
흩뿌려 놓은 물감은 수채화를 그리고
그 속에서 시를 건져 올린다

하루의 일과로 발걸음은 빨라지고
어둑발 내릴 때
황홀한 길목에서 서성거린다

긴 밤이 다가와 달빛 내리면
세상이 고요히 잠들지만
내일이면 다시 눈을 떠
하루의 일상으로 돌아갈 준비에 바쁘다

유진숙
2013년 《청옥문학》 등단. 한국문인협회, 부산시인협회 회원. 부산문인협회 이사. 천성문학 대상, 한국꽃문학상 외. 저서 『내 가슴에 머문 그대』, 『강아지풀』 외.

고치면 될까요

윤기선

바라보는 곳이 같아
마음을 포개었다
달과 바다 억만년을
마주 보고 있어도
변함없는데
사람의 인연은
유통 기한이 있나보다
인연의 톱니바퀴 삐걱거리네
누가 고칠 수 있나

윤기선
부산문인협회, 부산불교문인협회, 부산수필 부회장. 수필부산 편집장.

맹종죽 테마파크에서

윤미정

맹종죽 테마파크
임도 따라 살방살방

청아한 댓잎소리
귀문이 절로 열려

얼룩진 삶의 자락을
대 끝에다 내겁니다.

하이얀 아카시아
용등산은 봄에 취해

원두막 바닥에다
몸을 온통 뉘어 놓고

마알간 구름 한 점에
마음 실어 봅니다.

윤미정
거제시조문학회 사무국장.

산티아고 순례

윤유점

믿음이 짓밟혀도
운명이라 생각했다

빛 잃은 무명처럼
처연하게 먼 길 돌아

비로서
마지막 안식

고즈넉한
바람길

걸어온 길보다
가야할 길이 더 멀다고

가벼워진 발걸음
생의 끝을 버렸다

윤유점
부산문인협회 부회장.

문동폭포 유배 문학길

윤윤주

청아한 물소리에
마음이 씻겨가네

새 움의 가지마다
상큼한 봄 향기는

폭포수 시 소리길에
시인되고 시가 되고.

초입의 문화원은
사군자 배움의터

묵향을 붓에 담아
목란을 치노라면

옛 선비 고졸한 풍류
화선지에 피어난다.

윤윤주
거제미협, 거제시조문학회 회원.

새순

윤효경

찬 기운 남아 있어도
좋은 날
마스크 벗으니
콧속에 날아든 향내 달콤하다

가지에 늘어진
고운 햇살이
톡톡톡 새순을 터뜨리니
내게도 잊지 못할 기억 하나 맺혔다

무뎠던 일상이
바이르스 앞에 무너질 때
모든 지혜 동원한
삶과 죽음의 학습

혹독한 추위와 더위 견뎌낸 면역
눈물겨운 깨달음 되어
연한 빛 희망이 새로이 돋는다

윤효경
《문장 21》 시 등단. 《수필과 비평》 수필등단. 거제문인협회 회원.

거제 찬가

이금숙

아이야 배 띄워라 바다로 가지
양지암 등대 너머 망망대해로
고기 잡는 어부들의 휘파람 소리
은빛 물결 뱃전에 부딪혀 오면
갈매기도 춤을 추며 만선을 노래하네

아이야 배 띄워라 바다로 가지
지심도 해금강은 거제의 자랑
공고지 몽돌밭엔 수선화 피고
녹음방초 만발한 내도 동백 숲
푸른 파도 넘실대며 사랑을 노래하네

이금숙(이채영)
1958년 거제 출생. 1993년 《문학세계》 신인상 등단. 한국문인협회 경남문인협회, 청마문학회, 국제펜클럽 회원. 동랑청마기념사업회, 거제문협 회장 역임. 현 세계항공 월드투어 대표. 시집 『쪽빛 바다에 띄운 시』, 『마흔둘의 자화상』, 『표류하는 것이 어디 별 뿐이랴』, 『그리운 것에는 이유가 있다』 산문집 『청마 길 위에 서다』 외.

북병산 단풍 산행

이규주

가을색 곱게 물든
북병산 오름길에

바람에 실려 오는
웃음소리 그댄가요

한적한 단풍 산행길
즐거움 가득하네.

청명한 하늘 펼쳐
흰 구름 유영하고

망치만 옥색 바다
윤슬이 찬연하니

감성이 충만한 산길
추억되어 새겨지네.

이규주
2020년 《현대시조》 등단.

노란 샤프펜

이다겸

햇살 드는 창가
오동나무 책상 위 노란 샤프가
내 방을 삼킨다
문학책이 손을 내민다
출구가 없던 유채색 문장이
풀어 놓은 시간을 넘길 때마다
샤프 펜은 눈이 높아진다

목이 긴 심장 앞에
얇은 질감을 넘기면
고른 숨결로 검은 밑줄
발자국을 남긴다

품 넓은 갈피는
검은 심장에서
매화 향이 퍼질 때
별이 걸어오는 창가에서
문학이 잠이 든다

이다겸(백련)
부산문인협회 미디어홍보특별위원. 부산시단, 부산수필문인협회 이사. 한국국보문학
협회 운영위원회, 국제교류연구소장. 「문심」 공동발행인. 시집 『말 걸어오는 풍경』.

바람

이덕재

숲으로 들어서다
나무에 기대섰다

베풂뿐인 삶이면서
언제나 한결같은

앙상한
겨울나무여
너를
닮고 싶구나.

이덕재
한국문인협회 회원. 거제시조문학회 회장.

소소한

이말라

흰색 같은,
검은색 같은
색이 없는 침묵 같은
소금반으로 간한 슴슴한 국물 같은
어쩌다 드러내거나
들어내 버리거나

세월이 흐르면 아름다워질 사물 같은
향기롭고 유연한 미래의 시간 같은
오래된 흑백사진 같은
그늘의 무늬 같은

나는 그냥 잘 있다, 누군가의 복음 같은
너그러운 거울에 뜨는 편한 눈웃음 같은
소소한 너무나 소소한…

그렇게 살고 싶다

이말라
1988년 《시조문학》 천료. 부산문인협회 부회장 역임. 부산문학상대상 외. 시집 『그리움이 낯설다』『말을 보다』 외.

기다림

이말례

홀로 서성대는 오후
웃을 줄만 아는
반길 줄만 아는

길다란 사연들이
연분홍 가슴에 묻히어
풍경을 수놓는 이런 날

봄이 여는 문소리에
우울한 날들이 떠나고
홍매화 가지 끝에

아지랑이 같은 바람이 걸리면
향기가
봉긋이 피어나겠지요

이말례
부산시인협회, 남구문인협회 이사. 시집 『그렇게 살아도』 외.

을숙도의 가을

이문걸

을숙도의 가을은
새들의 천국
재잘거리며 날고
다시 종알대며
하늘에서
뭍으로 이동하는
사진기의 앵글
10월 조금 지나
이곳 들길에서 만난
철새의 눈알
얼 하나 없는 유리구슬
맑고도 향긋한 화채그릇 속의
수정과

이문걸
동의대학교 명예교수. 부산시 문화상 외. 시집 『산수의 계단을 오르며』 외.

꽃이 지는 이유

이복규

딸이 카톡으로 보낸 몇 년 전 사진
내가 이렇게도 젊었나
지금 내 모습이 또 일 년 후면
내가 이렇게도 젊었나 놀라겠지
딸들의 어린 시절 사진을 보면
이렇게나 귀여웠나
아빠 난 부족한 거 같아요
울먹이는 모습을 보면
아니다 아니다
이 세상에서 가장 이뻤고
지금도 그렇다 지금도 그래
오늘이 가장 젊은 날이라고 하지
오늘을 즐겨 가장 아름다운 순간들
내일 꽃들이 지기 때문에
오늘이 아름다운 거야
내일 꽃들이 피기 때문에
오늘이 아름다운 거야

이복규
경남작가 회원. 시집 『아침신문』, 슬픔이 맑다』, 『사랑의 기쁨』.

하얀 꽃등

이복심

사월의 거리는
달빛 없는 밤에도
하얀 꽃등이 불을 밝힌다

겨우내 움츠렸던
마음의 문 열고
화려한 터널 속을 신나게 달린다

모두의 가슴 속에
내리는 꽃비
하얀 기쁨이 온 몸을 적신다

빛 한 줄기 없어도
어둠을 밝히는
꽃등이고 싶다

이복심
《문예시대》 등단. 부산문인협회, 새부산시인협회 회원. 수영문인회 감사, 시사위예술회 이사. 시집 『하얀 그리움』 외.

시락국 엄마

이석래

엄마 생각 날 때면 시락국이 생각난다
추녀 끝에 엮어둔 시래기를
무쇠솥에 데치고
생멸치 넣어 곰삭게 끓인 시락국
입으로 굴려가며 먹는다
바다 냄새로 달려오는 엄마 내
김발 솟아오른 덜큰한 시락국
차가운 몸 데우려 국물 불며 마신다
추위마저 녹여 주는 손맛
그녀는 이승 밖에서도 무청을 데치고는
시락국 김꽃을 새벽에 피울까

이석래
부산문인협회 이사장. 새부산시인협회 고문. 부산불교문인협회 부회장. 한국해양문학상 외. 시집 『산송 앞에서』 외.

세상 이치

이성보

돈 없다 소문나니
발길이 끊기더니

코로나 창궐하자
사람 보기 또 어렵네

때 되면 주위 맴도는
길고양이 두어 마리.

이성보
계간 《현대시조》 발행인. 거제자연예술원 원장.

제6부

다짐

이성의

하루의 첫머리에
두 손을 얹어본다

보폭을 더할수록
커져 가는 생의 둘레

이 돌을
밟지 않고서
저 강 어찌 건너가리

이성의
2007년 《예술세계》 신인상, 2017년 《시조미학》 신인상 등단. 시조집 『꽃을 위로하다』, 시집 『하늘을 만드는 여자』, 『저물지 않는 탑』.

거가대교

이순선

하늘에는 흰구름 선점을 걸어 놓고
바다에는 회색빛 스카프 하나 걸어
구성지게 울어대는 갈매기 노랫소리
저마다 거가대교 달려가는데
동백꽃 꽃무리 햇살처럼 반긴다

이순선
거제출생. 시집 『광안대교』, 『거가대교』, 『못난 꽃이 어디 있으랴』. 수필집 『세 번 돌아 보는 날』.

사랑 실은 저 배야

이승철

다도해 푸른 물결 사랑 실은 저 배야
두둥실 행복 싣고 섬마을 가자

여기는 풀꽃 마을 사람의 터진
꽃향기 물든 항구 무지개 타고

그대와 둘이서 살아갈 바닷가
갈매기 춤을 춘다. 사랑을 부른다.

사랑 싣고 행복 싣고
섬마을 가자 섬마을 가자

이승철
경남문학 감사 이사. 거제문학 부회장. 경남수필 회장. 한국문인협회 전통문화연구위원.

백발白髮

이용문

머리에 흰 꽃白花
세월을 먹고 자랐지

백장미처럼 우아하고
안개꽃처럼 은은하고
설류화처럼 순백한 겸양의 꽃

머리에 풍미風味의 꽃은
시련의 세월이 꽃을 피웠지

일 년에 피고 지는 꽃
아름답고 화려하다고 뽐내지 마라

한평생 한번 피운
인고의 생애가 성숙成熟한 꽃이다

이용문
2004년 《문예시대》 등단. 새부산시인협회 고문. 부산문인협회 부회장. 중국장백산 세계문학상 외. 시집 『고향의 추억』 외.

외포항의 봄

이윤정

봄의 시간을 걷는다
아지랑이 잎사귀 간질이는
오종종 풀꽃 핀 길섶 따라
지붕 낮은 외포마을 정겹기도 하다

그리움으로 불러보는
젊은 날의 초상
저만치 수평선에서 달려와
갯내음 한 아름 가슴에 안긴다

대금산 철쭉 붉게 물들고
멸치 배 만선의 꿈도 영글어
노동요 장단에 그물 터는 손길
포구는 은빛 날개를 퍼덕인다

선창가 멸치요리 한 상
주거니 받거니
잔 가득 찰랑이는 봄바다
녹아든 시름도 불콰하니 익어간다

이윤정
2005년 《신문예》 시, 《문학세계》 수필 등단. 국제펜클럽한국본부, 부산시인협회, 부산불교문인협회 이사. 부산가산문협 회장. 영호남문학상 외. 시집 『산수유, 꽃등을 켜다』, 『소금꽃』.

빗방울

이은희

창문 오선지 위에서
크고 작은 빗방울들이
더하기 빼기 놀이 중

덧셈 뺄셈
덧셈 뺄셈

쉬임없이 튕겨지고
다시 모여드는 빗방울

비 오는 날은
빗방울들의 산수 시간

이은희
2020년 《부산시인》 신인상 등단. 부산시인협회 회원.

그 순간

이정숙

꽃 피울 때를
아는 시간

때가 되면
피어나는 꽃

삶도 피어날 때
웃어 보리

기다리지 않아도
마지막 촛불은
타고 있다네

이정숙(향천)
1993년 《한국시》 등단. 시낭송가, 한국문인협회, 부산문인협회, 영호남문인협회, 가톨릭문인협회, 새시인협회 회원. 〈감동진문학〉 편집장. 강변문학낭송회 이사. 동백낭송회 자문위원. 시집 『홍도의 만찬』 외.

아침햇살

이정숙

온화한 아침 햇살
온 누리에 퍼질 때

산새들 앞다투어
찬미 노래 부르고

사람들
하루를 여는
따사로운 활력소

이정숙
2021년 《문장21》 등단. 수원문인협회 회원.

갈대

이태호

강가에 무리 지어 자라는 갈대
바람 불면 물소리 내며
파도처럼 일렁인다
삶의 한세월 머리 풀어
갈잎 속에 새겨놓고
여명이 밝아오는 아침에는
은빛으로 넘실대고
저녁이면
금빛으로 일렁인다
소슬바람 불면
윤슬처럼 빤짝이며
차가운 바람 불어올 때
갈대 꽃잎은
천지에 씨를 뿌려
또 다른 생명에 불을 지핀다

이태호
부산시인협회, 부산남구예술가회 회원. 부산남구문인회 이사. 포토클럽영사회 부회장.

고향 미더덕

임성자

이른 새벽
그물 속에 웅크리고 있는
보물을 끌어 올린다

고향의 향을 듬뿍 지닌
미더덕
요즘에는 과거의 설움을 씻고
고가의 몸값으로 배부른 흥정 끝에
여인들의 손아귀에 안긴다

예리한 칼날로 돌기를 벗겨 내면
손도 발도 없는 것이
발가벗은 속살을 드러내며
물총으로 저항을 한다

농담 섞인 여인들의 웃음소리에
엿듣던 하루해도 미소를 지으면
바다향을 실은 고향의 미더덕은
하얀 나룻배를 타고 들어오고 있다

임성자
우전문인회 회장. 수영구문화예술회 우수 시인상 외.

삼천포

임종찬

삼천포 갯가에 가
풀빛 닮은 물 봐야지

박재삼朴在森 건지다만
파래 같은 시詩도 줍고

그 바다 베개로 삼아
풀물 꿈을 꿔야지

임종찬
1966년 부산일보 신춘문예 시조 당선. 《현대시학》 시조 천료. 시조집 『청산곡』 외. 연구서 『시조문학의 본질』 외. 부산시문화상 외. 부산대 명예교수.

옥잠화

장은정

옥색 치마에 옥비녀 꽂은 아씨
앙증맞은 매무새 애련하여라
밝아오는 아침에 향을 닫아
긴 밤을 기다리는 여심

가슴 그 가슴에
비녀처럼 찔러 드는 그리움으로
이 밤도 숨어 피는 떨림
폭염에 성숙한 은장도 날빛은
살랑바람 아픔이 몸서리치는
연모의 꽃불

불 꺼진 방에 향기를 뿜어
친친 머리 비녀를 풀고서
도령님 품에 안길 첫날 그 밤

장은정(소호)
부산문인협회 이사. 부산시인협회 회원. 신서정문학회 사무국장 겸 편집장. 해양문학상 우수상. 시집 『부르리라 스트라디바리우스의 노래를』.

접시꽃

장성희

너는 어디서 왔길래
큰 키마다
다른 꽃잎을 달고
고통 설움을 참으면서
오로지 한 길을 내고
꽃대를 올렸나

누구보다 넓은 잎
형형색색의 꽃
정말 천지신명의 조화인가
누가 보지 않아도
한 자리에 서서
세월을 보는 것인가

알 수 없다
시원시원한 모습

문득 접시꽃 당신이 생각나지만
소낙비 한줄기에도
그것 개념치않고
묵묵히 자릴 지켰나

장성희
시를 짓고 듣는 사람들의 모임 부회장. 부산문인협회 회원. 한국독도문학작가협회 이사. 황령문학회 동인.

구포시장에서

정경화

구포시장의 명물은 왁자한 발걸음이다
낯선 부산 신혼 시절
허전함을 채워주던 시장 골목은 넉넉했다
암으로 편찮으셨던 어머니와 시장바구니 들고
데이트하던 추억은 참기름처럼 고소하다
타지에서 익숙 하라고 시장으로 불러내신 어머님
깊은 속도 모른 채 처음에는 버겁게만 느꼈다
두 팔이 무겁도록 장을 봐도
추운 날 몸이 움츠러들어도
시장 한 귀퉁이 구포국수 한 그릇은
마음의 짐도 녹여버렸다
왁자하고 투박한 시장 걸음으로
함께 다녔던 골목길 들어서니
내 장바구니 따라오시며 빙그레 웃는 얼굴로
'너도 나를 닮아가는구나'
따뜻한 목소리 천상에서 들리는 듯하다
절이고 삭힌 옛정 한가득 끌고 시장을 나선다

– 수필 〈구포시장〉 중에서

정경화
2018년 《문학도시》 수필 등단. 부산문인협회, 문학중심작가회 회원.

스며드는 그곳, 장승포로

정귀숙

잔잔히 넘실거리는 파도
아빠 등에 올라타 물장구치며
바다로 세상을 받아들인 아이들
떠나고 남은 옥화마을 바닷가
스쳐 지나가듯 그 자리가 스민다

바닷속 문어랑 물고기 떼가
유유히 담벼락을 누비고
이끌리는 사랑이 끝내 한 몸으로
연리목*, 사랑나무야

정 붙일 곳 없어
허허한 마음이 들 땐
촉촉이 젖어드는
새 인연들을 만나러
장승포로 가자
스며들듯 그 자리 스쳐 지나갈지라도

* 연리목(連理木): 뿌리가 서로 다른 나무의 줄기가 이어져 한 나무로 자라는 현상.

정귀숙
한국문인협회, 거제문인협회, 글향문학회 회원. 청마기념사업회 이사.

그 섬의 참나리꽃

정남순

갈 수도 올 수도 없는 막막한 그리움
언제부터 이 섬에 살아
비탈진 돌 사이 사람처럼 서서 바다를 향하는
발 아픈 신음소리
주황색 붉은 얼굴에 점까지 찍어 보인 얼굴
잊지 마라

목을 빼고 기다리는 수평선 넘어
외양선 한 척 보였다 사라지고
넘어가는 저녁 해에 부신 눈 보이지 않는 길

한 무더기 서럽게 핀 꽃 속에 앉아
사진을 찍는다
꽃이여
기다림에 그리운 소식
귀 기울여 들어보는 발아래 파도 소리
긴 꽃술 내리며 울고 있느냐

정남순
1991년 《문학과 의식》 등단. 부산여류시인협회 회장 역임. 부산국제문학제조직위원.
한국해양문학상 외. 시집 『그래도 나는 숲으로 간다』 외.

구멍 난 우산

정상화

하늘이 보여서 좋다
청명함이 아니어서 부끄러움이 없다
흐린 운명 사이로
자연은 수줍게 스며들고
저 구름 위에 사는 붉은 친구가
잠시 숨어 쉬는 안식

알지 못한 시간 속
까만 고무신을 비집는 질퍽함은
장미 가시의 무자비한 폭행
바닥을 두드리고 땅을 들여다보는
아찔한 곡예는 두려움 없다
태풍 속 파도처럼
사랑이 전설처럼 피어오르면
조선소의 불씨를 안고 살았던 우산은
이제 다소 곳 자연이 된다

정상화
한국문학예술, 남산시낭송회 운영위원. 글향문학회, 소나무5길 문학회 회원.

나무 벤치

정명희

나무 아래 나무 벤치가
조용히 오늘의 손님을 기다린다

그늘진 휴식으로 차별 없이
등을 내어주는
우직한 나무 의자

네 것도 내 것도 아닌 부담 없는 공유
앉았다 가라고 급할 것 하나 없노라고

지열이 후끈거리는 날에도
한기에 마음이 시린 날에도

잠시 온몸을 기대어
하늘을 보라고
햇살이 퍼지는 나무 밑나무 벤치
쉬어가라 다독인다

정명희
부산시인협회, 부산남구문인협회 회원.

휴거

정순영

내 방문을 여니
책상 위
달랑 시집 몇 권
시계소리만 째깍거리거든

해맑은 영혼으로
파릇파릇한 생명의 초원에서
세마포를 휘감고 하늘 춤추며 날아오른 줄 알아라

정순영
1974년 시 전문지 《풀과 별》 추천완료 등단. 부산시인협회 회장, 자유문인협회 회장, 국제pen한국본부 부이사장, 동명대학교 총장, 세종대학교 석좌교수 역임. 세종문화예술대상 외. 시집 『시는 꽃인가』, 『사랑』 외. 남강문학협회 편집자문위원. 〈4인시〉, 〈셋〉 동인.

어린 왕자를 만나다

정신자

어린 왕자를 만났다
보성 대원사 어린 왕자 선禪문학관에서

무엇을 길들였어요
누구에게 길들여졌어요
긴 시간을 거쳐 공들여 서로에게
하나밖에 없는 소중한 존재가 되었나요

어린이가 어른을 이해해 주어야죠

그래
난 부끄러운 어른

잊고 지낸 내 삶의 의미를 줍는다

정신자
2007년 《새시대 문학》 등단. 부산여성문학상 수상. 시집 『갠지스에선 아무도 울어선 안 된다』, 『그냥 가자』, 『세월이 물이다』.

애장품

정인호

실장갑아
고맙다고 너에게 인사한다
남들은 별로라 생각하겠지만
생업 위해 나의 필수품이다

회사에 출근하자마자
너와 함께 깍지 맞춘다

물건을 옮기다 보면
맨손인지 내 살갗인지
무슨 작업 하려는지
먼저 알고 손에 착 달라붙는다

시간 가는 줄도 모르고
항상 한 몸이었다가
휴식 때만 몸 밖으로 빠져나가는
성실한 나의 애장품 내 보호자다

정인호
수필가. 부산문인협회 부회장.

엄마가 달라졌어요!

정재분

미용실에 다녀온 날
엄마가
달라졌다

–애들아 맛있는 것 먹으러 가자~

아이스크림도 과자도
다음으로 미루던 엄마가
웬일이지?

'엄마가 매일 예뻐지면 좋겠다'

정재분
2000년 《한맥문학》 동시 등단. 부산문인협회 아동분과위원장. 부산여성문학인협회 문화교육원장. 금정구문화예술인협의회 회장. 부산여성문학상 외. 동심시집 『꽃잎의 생각』 외.

꽃 베게

정효모

바람이 무거워
내려앉은 꽃 계곡
너울거리는 꽃잎들
바람은
꽃 베게 안고 누웠다.
따사로운 햇살
간지러워 돌아누운
등허리에 세월이 묻어난다

정효모
부산가톨릭문인협회 회장 역임. 부산시인협회 회원. 시집 『시간은 멈추고』 외.

출렁다리

정희경

나 여기 출렁이면 당신 거기 받아주오

당신 거기 흔들리면 나 여기 견디리다

달빛이 이승을 건넌다 숨이 멎는 물빛

정희경
2008년 전국시조백일장과 2010년 《서정과현실》 등단. 《문학도시》 편집장. 가람문학 신인상. 시조집 『해바라기를 두고 내렸다』 외. 시조평론집 『시조, 소통과 공존을 위하여』.

다시 핀 목련화

제성행

그해 봄 기억하는
봉긋한 소녀 웃음

설레는 그미 입술
더듬는 달팽이 눈

예민한 풋사랑의 촉수
오므라든 수줍음

창문 너머 별빛 따라
헤매던 지난 밤 꿈

달팽이 집 밖에는
술래였던 그 시간

서투른 풋사랑의 독백
앞뜰에 핀 목련화

제성행(聽心)
거제 둔덕 출생. 《文學광장》 시조 《서정문학》 등단. 〈文學광장〉 이사. 〈서정문학〉 편집위원. 시집 『가슴으로 듣는 노래』.

제7부

나의 매화

조봉순

지금도
헤어지기를 되풀이하는
끈질긴 인연처럼
독한 겨울은
아직도 서산에 걸려
있는데

그래도
솟아오르는 춘정은
어쩌지 못하여서

파르르
신부의 첫날밤처럼
드디어 터지는구나

나 또한
심장의 고동소리를
참으며
너를 영접하나니
누구의 첫날밤처럼
드디어 터지는구나

조봉순
거제문인협회 회원.

길

조성범

사과껍질을 깎으면
길이 생긴다

돌고 돌며 이어지는 길

그 길 위에서
사과 꽃을 피우던 일, 낙과가 되던 일
그래도 그럭저럭 붉었다며 얼크렁 설크렁

길이 긴 날은 다녀간 사람도 많다
배웅을 하고 나면
지나온 인생길처럼 길만 남는 길

사과가 만든 길을 주섬주섬 담으면
빈 길 왜 더 붉어지는지
껍질이 많은 날은
허전함도 길다

조성범
한국문인협회 해양문학연구위원. 부산예총 감사. 부산문인협회 부회장. 한국해양문학 최우수상 외. 시집 『가우뚱』 외.

그 후

조원희

고생시키는 아버지
돌아가시면
어머니 편하실 줄 알았는데

아버지 돌아가시고 나니
고생보다 더 힘든 외로움
기다리고 있었네

조원희
《문학도시》 시, 수필 등단. 시를 짓고 듣는 사람들의 모임 부회장. 부산문학인아카데미협회 공동발행인. 불교문인협회 이사. 시집 『이팝나무의 소원』, 『서생배』 외.

풍경 속으로 드는 길

조을홍

굴참나무 오리나무 너도밤나무
민숭한 몸에 사방으로 엇갈린 가지를 하고
제식 훈련을 하는 훈련병처럼 도열 하고 있다
나무들 맨몸이 지레 부끄러운 진달래는
가지 끝에 꽃잎이 붉어진다
꽃잎 사이로
봄이 설핏 지나간다
깊이를 모를 폭신해 보이는 나무 밑
호기심을 누르며
왼발을 슬쩍 딛어 본다
아직은 온기가 필요한
봄이 오는 길목
바스락
봄이 지천이다

* 풍경 속으로 : 기장 소산에 있는 무인 카페

조을홍
2002년 《수필과 비평》 2022년 《부산시단》. 부산문인협회, 남구문인협회, 부경수필문인협회, 부산수필문인협회, 부산시단, 그림나무. 오륙도문학 본상. 수필집 『어머니의 탱고』.

개소리

주강식

개들이 사람을 보고
왕!왕! 왕! 짖어댄다

자기가 왕이라고
자기가 주인이라고

개 소리
가만히 듣고 보면
개 같지 않는 개 소리

주강식
《시조문학》 천료. 볍씨동인. 시조집 『태산을 넘는 파도』 외. 전)부산교육대학교 교수.

문동폭포 가는 길

주명옥

연산군 때 거제에 유배 온 이행과 최숙행이
폭포와 자연을 벗 삼아 회한을 읊은
문화유산의 노래비가 숨 쉬고 있는
폭포길 초입

선현의 발자취가 살아 움직이는
이곳에 묻고 간 씨앗을 찾고 또 찾아
심고 심어 핀 꽃 문동폭포길 111

6.25 때 포로들의 생활용수로 수몰된
문골 마을
예와 지혜가 샘솟는 이 거리에
시와 그림이 휘날리는 15개의 시비로
명화가 된 고향길

계절은 사색四色으로 물소리 새소리 바람소리
숲길에 풀어 놓는다

예향의 거리 문동폭포는 낙차落差도 세찬
음률로 날갯짓 한다

주명옥(거농)
거제 출생. 2012년《부산시인》등단. 거농문화예술원장. 한국미술협회 문인화 초대작가. 부산미술협회 문인화 초대작가. 시집『붓이 노래하다』.

엄마와 딸

주세환

부산역 플랫폼에 봄비가 내린다.
대학 졸업하고 꿈 찾아 서울로 떠나는 딸의 얼굴엔
동경과 희망과 설레임으로 환한 미소가 번진다.

그 옛날 솜이불 머리에 인 우리 엄마가
아들이 보고 싶어 서울로 가는 열차 탔을 때
철없는 아들놈은 술로 인생을 논하며
세월 가는 줄 몰랐는데
우리 엄마는 따뜻한 솜이불을 동숭동 하숙방에 내려놓고
아들 얼굴만 보아도 함박꽃이 피었네.

하늘로 가신지도 벌써 십여 년
그리움은 칼바람처럼 가슴을 후비는데
부산역 플랫폼에 봄비가 내리고
꿈 찾아 서울로 떠나는 딸의 뒷모습을 바라본다.

우리 엄마가 하숙방에 이고 온 그 솜이불을
내가 우리 딸에게 보낼 수 있을까.

주세환
2022년 《문장21》 등단. 전직 교사. 부산남구문인협회 회원. 주SEM 수학 대표.

텃밭놀이 17
– 마트에 가다

주순보

원하는 것은 모두 있다
벌레 먹은 호박 벌레 먹은 케일
둥근 구멍의 우주 속에
나의 숨통을 틔워주는 시간
탈출구가 열리고 가지 고추
토마토들 내 발자국을 계산한다
장바구니는 늘 가득 찬다
이웃 텃밭 지기 구순九旬의
박 교수님네 오이와
우리 가지가 울타리를 넘는다
이조시대 풍경이다
온정이 넘치는 물물교환이다
온종일 마트에서 떠올리는 식구들
편식 없이 구미에 닿아
입 안 가득 출렁이기를
황령산 초입의 유기농 텃밭마트
날마다 푸른 상표 넘실대고 있다

주순보
1998년 한국시 등단. 부산남구문인협회 회장 역임. 부산문인협회, 부산시인협회 회원. 오륙도문학 대상 외. 시집『겨우살이가 말하다』,『카페, 에필로그』외.

불청객

주안나

불쑥 온다고 한다.
내 마음은 엉킨 실타래 모양으로
거미줄을 친다.

반기는 기색보다 앞선 걱정에
마음엔 찬 서리가 내린다

어쩌랴
인연의 매듭을

밤길 걷는 선비 마냥
심려를 더듬고 있다.

주안나
2022년 《문장21》 등단. TSA 손해사정사 계약심사과 팀장.

사진 한 장

주철민

여덟 남매의 어린 시절
옹기종기 모여 흙냄새 나는
빛바랜 사진 한 장

아웅다웅하던 그 세월
밀려난 자리에
이제 남은 다섯 남매들
칠십 고개 넘어오니
미움은 덧없고 사랑만 쌓여간다

흑백사진 한 장 속에
보이지 않은 형제들 아픈 그리움이
지상의 우리 다섯 남매들 애틋한
사랑 엮어 무지개로 채색한다.

주철민
부산남구문화원 이사. 부산시인협회, 부산남구문인협회 회원. 한국사진작가협회 부산지회 자문위원. 한국사진작가협회 김해지부장 역임. 영사시 동인회 고문. 부산남사회 지도교수.

종점

차달숙

더 갈 곳이 없다고
그래서 돌아가야겠다고
생각하지 마라
길은 언제나
끝나는 데서 출발하느니

어떤 이는 고향으로
또 어떤 이는 객지로 가기 위하여
첫차거나 막차를 기다리고 있으리
어떤 이는 벌써 그리운 사람들을 만났으리
또 어떤 이는 낯선 세상에서
낯선 사람들을 상대하느라 땀 흘리겠지

지루한 시간을 보내면서
첫차거나 막차가 오고 있으리

차달숙
경남창녕 출생. 국제PEN한국본부 이사. 부산문학인협회 명예회장. 시집 『별들에게 묻다』 외.

난꽃 향기

최경식

창가에 스며드는
향기로 잠을 깨운다

우아한 자태 속에 핀 꽃
햇살에 미소를 짓고 있다

밤새 머금었던 향긋함을
선물하는 아침이다

상큼한 향기는
나를 떠나기 싫어
머뭇거린다.

최경식
2006년 《한울문학》 등단. 부산문인협회 감사. 청옥문학협회 회장. 부산문학상대상.
시집 『어떤 시간의 행복』 외.

백목련 핀 봄날 아침

최만조

백목련 핀 봄날 아침
백목련 핀 큰 누나
아침 햇살 받아 예쁘게
미소짓는 백목련 보면
지난 가을에 시집 간
큰누나가 그리워진다

최만조(갈뫼)
1977년 《아동문예》 동시 등단. 2005년 《부산시조》 시조 추천. 작품집 『고향에 피는 진달래』, 『농악소리』, 『봄비의 마음』 외.

봄바람이 불면

최수천

손잡으면 시립고
눈 감으면 따뜻한
그래서 가슴 속 얼음 녹여 흐르는
연두빛 봄바람

빈 가지 다독이며 겨우내 쓴
받을 이 없는 편지들
꿈처럼 아득한 날엔
가슴으로 너를 생각할 일이다
뜨거워진 눈시울 닦아내며
꽃향기가 될 일이다

최수천
경남 남해 출생. 《문예시대》 신인문학상 등단. 현 충북 청주 거주.

가을 소네트

하 빈

아직도
그리움이 남았는가 늙은
저 매미는

산벚나무는
떠날 채비를 하는데

그대
빈 가슴 다독이며 붉게
붉게 젖어 웃어도
축제의 뒷자리는 쓸쓸한 것

뜨거웠던 기억일랑
서걱서걱 잘라서
억새 하얀 무덤에
또 하나의 일몰로 묻고

물봉선 눈자위 달무리 지듯
번져서 번져서
달을 건너는 당신
뒤돌아
손 한번 흔들어 줄줄 모르네

하 빈
2011년 《아동문예》 동시 등단. 부산남구문인협회 부회장. 동시집 『수업 끝』, 『진짜 수업』.

슬픔꽃

한연순

가끔 욕심을 내고
멈추지 않는 미움으로
나를 망각한 채 까만
그림자에 가려져 있다
어느 순간마다 싸늘한
눈길로 그늘진 마음에
피어나는 먹물로 그린 꽃
때때로 슬픔에 잠겨
대답 없는 언어로
생각 속에서 되살아나는
그림자 같은 꽃 하나
차오르는 분노로
생명은 시들어가고
마음으로만 피고 지는
무형의 소망 하나가
멈추지 않는 고통과
절규로 싸늘해지는 나를
어느새 손 잡아주는
한결 핏줄기 같은 꽃이여

한연순
부산진구문화예술인협의회 문학분과, 한국바다문학회 부회장. 한국문인협회 회원. 부산국제펜 이사. 유니세프 부산광역시후원회 회장.

박꽃

한정미

한낮의 침묵을 깨고

조용히 눈을 뜨면

아픔으로 떨어지는

별빛, 달빛이여

하얗게 웃으며 고개 숙이면

두둥실 보름달이 뜨고

환히 밝은 돌담 사이로

강물처럼 별이 흐르네

한정미
부산문인협회 회원. 부산남구문인협회 이사. 문학중심작가회 사무국장. 시집 『우리 풀꽃 같은 사랑으로』.

흔들리는 것에게

해 연

그 몸짓이
애처로워
다가갈 수 있다면

나
한송이
꽃이 된들 어떠하리

꽃에 취한
나비인들 어떠하리

눈부신 빛으로
황홀한 춤사위로
하염없이 가리라

이 쓸쓸한 세상
꽃처럼
나비처럼

해 연
2004년 시집 『닮고 싶은 웃음』으로 작품활동 시작. 부산문인협회 회원. 대한민국문화예술 시부문 대상. 시집 『젖은 빛』 외.

배꽃 지는 밤

허원영

고요한 달빛 아래 만개한 하얀 배꽃
행여나 상할까 봐 바람도 숨어 울재
겁 없이
날아와 앉은
무당벌레 한 마리.

새하얀 꽃잎 위에 샛빨간 무당벌레
무심한 만월이사 진작에 초연超然한데
만물이
숨죽이는 밤
떨어지는 배 · 꽃 · 잎.

허원영
거제문인협회 이사. 거제시조문학회 부회장.

여우 볼펜

황미숙

"맛있는 샌드위치를 먹게 해 줘서 고마워. 이거 받아."
여우가 내게 볼펜 하나를 내밀었어.
"하고 싶은 말이 있으면 뭐든 적어 봐."
여우가 말했어.
나는 손바닥에 볼펜을 그으며 고개를 갸웃했어.
'뭐야? 안 써지잖아.'
여우가 히죽 웃더니 내게 말했어.
"보이는 게 다가 아니야. 그냥 하고 싶은 말을 적어 봐."
나는 글자가 보이지 않아도 내 마음을 또박또박 적었어.
'친구가 필요해.'
정말 정성을 다해 적었지.
순간, 학교에 갔던 여우가 되돌아오며 소리쳤어.
"너 기다리는 친구 많더라 얼른 학교에 가 봐."
나는 요술 볼펜을 손에 꼭 쥐고 학교로 뛰어갔어.

* 동화 「여우 볼펜」 中에서

황미숙
1998년 부산아동문학 신인상으로 등단. 동화집 『아빠는 쓰기 대장』, 『손가락만 까딱 하면』.

달 밝은 밤에

황하영

차가운 숲 잎 다져 대청마루 불어오고
시내 다리 건너면 또 다른 다리 기다리네!
목덜미 가듯 산바람에 옷깃은 저절로 올라가고
몇 줄기 기운 햇살 바위 봉우리 넘이가네!
수변공원 호숫가에 사람 드물어지고
흔들다리 위에 달 비로소 뜨네!

홀 방 차가운 밤기운에 나그네 잠 못 드는데
마른풀 스치는 서풍에 실려 오는 외로운 바람 소리
조그만 주안상 차려 나 한잔 달 한잔 권하다 보니
목구멍에 흘러나오는 쉰 소리에 또 한잔
너울너울 넘어가는 술 소리에 콧노래 소리

황하영
한국문인협회, 국제펜클럽, 부산문인협회 회원. 고샅문학회 편집국장.

문동폭포 100인 사화집

춘당매가 사람잡네

초판인쇄 | 2023년 6월 15일
초판발행 | 2023년 6월 20일

지 은 이 | 주명옥 외
발 행 처 | 거농문화예술원
경남 거제시 문동폭포로 111
펴 낸 곳 | 도서출판 작가마을
2002년 8월 29일제 2002-000012호
부산광역시 중구 대청로 141번길 15-1 대륙빌딩 301호
T. 051)248-4145, 2598 F. 051)248-0723 E. seepoet@hanmail.net

ISBN 979-11-5606-224-0 03810 정가 15,000원

※ 본 도서는 거제문화예술재단의 지원을 일부 받아 제작합니다.